風の聖痕《スティグマ》 Ignition 4
すべては愛のために

やってやろうじゃないのよ。
とびっきりエレガントに、ね！

「――そういうことを急に言われても困ってしまうんですけど」
「では、僕にも少しは望みがあるということですか？」

風の聖痕《スティグマ》 Ignition 4

すべては愛のために

1338

山門敬弘

富士見ファンタジア文庫

118-10

口絵・本文イラスト　納都花丸

目次

八神和麻
KAZUMA YAGAMI
本名・神凪和麻。世界最強の風術師。精霊王と契約をした世界唯一のコントラクターである
神凪綾乃
AYANO KANNAGI
炎術師の一族・神凪家宗主の娘。現役高校生ながら次期宗主で、宝剣〈炎雷覇〉の現所有者

神凪煉
REN KANNAGI
綾乃のハトコで彼女を姉様と慕う。しっかり者な和麻の弟
篠宮由香里
YUKARI SHINOMIYA
綾乃のクラスメイトで親友。生徒会に所属する謎の天然娘
久遠七瀬
NANASE KUDOU
綾乃の親友その2。陸上部に所属するクールビューティー
柊太一郎
TAICHIROU HIIRAGI
綾乃の後輩。綾乃に恋する、一途でひたむきな少年
平井柚葉
YUZUHA HIRAI
和麻の元カノ。霊感体質で、憑かれやい女子大生
橘霧香
KIRIKA TACHIBANA
警視庁特殊資料整理室室長。階級は警視
風の聖痕《スティグマ》
登場人物紹介

リターンマッチ

一月も半《なか》ばを過《す》ぎた、ある日のことである。八神和麻《やがみかずま》は隣《となり》を歩いている橘霧香《たちばなきりか》に、こんな話を聞かされた。

「妖魔《ようま》を手当たり次第《しだい》に狩《か》ってる炎術師《えんじゅつし》がいる？　結構《けっこう》なことだな。どこに問題が？」

「――人目《ひとめ》を気にしてくれるならね」

霧香は苦々《にがにが》しく吐《は》き捨《す》てる。和麻はしばしその意味を考え――呆《あき》れたように失笑《しっしょう》した。

「つまり、一般人《いっぱんじん》の目に触《ふ》れることも気にせず暴《あば》れてるわけか、そいつは？」

「ええ、おかげさまで騒ぎを揉《も》み消すのに大童《おおわらわ》よ。いい加減《かげん》にして欲しいものだわ」

「それはそれは、御苦労様《ごくろうさま》」

全く誠意《せいい》の感じられない口調《くちょう》でねぎらってくれる和麻を睨《にら》みつけ――霧香は重いため息をついた。遅《おそ》まきながら、この男に何を言っても無駄《むだ》なことに気づいたらしい。

「とにかく、あなたも気をつけておいて。なんでも金髪《きんぱつ》の派手《はで》な女らしいわ。羽の生えた人型《ひとがた》の精霊獣《せいれいじゅう》を使役《しえき》してるって」

犯人像《はんにんぞう》を聞いた瞬間《しゅんかん》、和麻の表情が微《かす》かに動いた。咄嗟《とっさ》に目を逸《そ》らして取り繕《つくろ》うものの、口元が微妙《びみょう》に引きつっている。

——まるで、吹き出すのを堪《こら》えているかのように。

「…………」

いきなり挙動不審《きょどうふしん》になった和麻を、霧香は無言《むごん》の問いかけを込めてじっと見据《みす》える。しかし、和麻は目を合わそうともしない。

「……和麻？」

「なにかな？」

声に出して問いかけると、そらっとぼけた顔で聞き返してくる。追及《ついきゅう》の無駄を悟《さと》り、霧香は小さく嘆息《たんそく》した。

「話は聞いてたのよね？　見つけたら何とかしておいてちょうだい。報酬《ほうしゅう》は払《はら》うから」

「ん。憶《おぼ》えておこう」

和麻は簡潔《かんけつ》に頷《うなず》いた。

「こちらへどうぞ」

休憩《きゅうけい》（深い意味ではない）のためにに入ったホテルのティーラウンジで、二人はウェイターに導《みちび》かれて奥の席へと進んでいった。

その半《なか》ばでのことである。

窓際《まどぎわ》の、見晴らしのよさそうな席。そこに人々の視線が集中していた。

二人もそちらに目を向ける。

その場に端然《たんぜん》と座《ざ》していたのは、『絶世《ぜっせい》の』と言っても過言《かごん》ではない金髪碧眼《へきがん》の美女。周りの視線《しせん》を気にも留《と》めず、エスプレッソのカップを優雅《ゆうが》に傾《かたむ》けている。

和麻はそのテーブルのすぐ側《そば》で立ち止まり、美女を見つめた。

「――？」

視線に気づき、女は訝《いぶか》しげに和麻を見上げる。さすがにここまで不躾《ぶしつけ》な注視《ちゅうし》を許す気はないらしく、眼差《まなざ》しには非難《ひなん》の色が強い。

「お客様？」

ウェイターの介入《かいにゅう》を手振《てぶ》りで遮《さえぎ》り、和麻は皮肉《ひにく》げに唇《くちびる》を歪《ゆが》めた。

「よお、まだ日本にいたんだな」

「――――」

女は無言《むごん》。訝しげに眉《まゆ》をひそめたその表情からして、和麻のことを憶えていないらしい。

だが、数秒後——

「ああ、あなたは」

女は不意《ふい》に目を瞠《みは》り、これまで以上に険《けん》のある眼差しで和麻を睨む。

「あの時、神凪《かんなぎ》の巫女姫《みこひめ》と一緒《いっしょ》にいた——」

「思い出してくれたようで何よりだ」

棘《とげ》だらけの視線を事もなげに受け流し、和麻は軽く肩《かた》をすくめた。そして突然《とつぜん》、霧香に話を振る。

「なんか容疑者《ようぎしゃ》がいきなり見つかったみたいだぞ」

「……容疑者?」

不名誉《ふめいよ》な呼び方が気に障《さわ》ったらしく、女は不快感《ふかいかん》も露《あら》わに霧香を睨んだ。

霧香は咄嗟《とっさ》に責任を転嫁《てんか》すべく、乱暴《らんぼう》な言葉遣《づか》いを咎《とが》めるように和麻を睨む。策《さく》は功《こう》を奏《そう》し、和麻は美女二人による非難《ひなん》の視線《しせん》の十字砲火《ほうか》に晒《さら》された。

もっとも、大抵《たいてい》の男ならば針《はり》の筵《むしろ》に感じるであろうその状況《じょうきょう》にも、和麻は眉ひとつ動かさなかったのだが。

「——あの、お客様」

膠着《こうちゃく》した空間に、気まずげなウェイターの声が割って入った。その声で現状《げんじょう》を認識《にんしき》し、和麻と霧香は目配《めくば》せを交《か》わす。

こんなところで立ち話をしていては通行の邪魔《じゃま》だし、何より目立つ。注目を集めるのは何かとまずかった。

和麻は女に問いかける。

「ちょっと話があるんだが、ここいいか？」

「……どうぞ」

あまり気の進まなさそうな表情で、女は頷いた。二人は遠慮《えんりょ》なく対面《たいめん》の席に腰《こし》を下ろす。

「で、まだ帰らないのか？」

「当たり前です。為《な》すことも為せず、むざむざと帰れるはずもないでしょう」

和麻の問いに、女は当然のように即答《そくとう》した。その女王様然とした高慢《こうまん》そうな容貌《ようぼう》を眺《なが》めつつ、霧香は和麻の脇腹《わきばら》を突つく。

「どなた？」

「こちらは、キャサリン・マクドナルド嬢《じょう》」

和麻は簡潔《かんけつ》に名前だけを紹介《しょうかい》する。しかし、霧香はそれだけで女の素性《すじょう》に辿《たど》り着いた。

「マクドナルド――アメリカの炎術師の!?」

一瞬《いっしゅん》、驚愕《きょうがく》に目を瞠るが、速《すみ》やかに平静《へいせい》を取り戻《もど》し、公人《こうじん》の顔でキャサリンと対する。

「失礼ですが、来日の目的を伺《うかが》ってもよろしいでしょうか?」

「――あなたは?」

「これは、申《もう》し遅《おく》れました。警視庁特殊資料整理室室長《けいしちょうとくしゅしりょうせいりしつしつちょう》、橘霧香です」

「特殊資料――ああ、聞いたことがありますわ。警察の心霊《しんれい》事件対策班《たいさくはん》――というお題目《だいもく》の、有名無実《ゆうめいむじつ》の見本のような組織《そしき》だとか」

「……放っておいてください」

極《きわ》めて率直《そっちょく》に酷評《こくひょう》され、霧香は苦々しく呻《うめ》いた。それでも気を取り直して問いを繰《く》り返すが、

「それで、来日の目的ですが――」

「私事《わたくしごと》です。あなたに説明する義務《ぎむ》はありません」

キャサリンはにべもなかった。

「――和麻」

非協力的《ひきょうりょくてき》な令嬢《れいじょう》に見切りをつけて、霧香は和麻に説明を求める。和麻は包《つつ》み隠《かく》さず正直に答えた。

「この豪華《ごうか》なお嬢様は、最強の称号《しょうごう》を求めて綾乃《あやの》に喧嘩《けんか》売りにきたんだと」

「喧嘩……綾乃ちゃんに……?」

「何か文句《もんく》でもありますの？」

「文句というか……そういうことは母国の砂漠《さばく》あたりでやって欲しいんですけど。この辺だと被害《ひがい》もばかになりませんので」

「ビル一個壊《こわ》れたしな」

苦言《くげん》を呈《てい》する霧香を冷やかすように、和麻は笑う。霧香は盛大《せいだい》に顔をしかめた。

「もうやってたの……もしかして、年末のあれ？」

「おう」

堂々《どうどう》と頷く和麻。霧香は何故《なぜ》止めなかったのか、と和麻を非難《ひなん》しかけたが、寸前《すんぜん》で口を噤《つぐ》んだ。言うだけ無駄だと、事前《じぜん》に気づいたのだ。

確認《かくにん》を込めて問う。

「つまり、このお嬢様は無謀《むぼう》にも綾乃ちゃんに喧嘩を売って——負けたのね？」

「負けてはいません！　引き分けです！」

途端《とたん》、険《けわ》しい口調《くちょう》と表情で割り込んでくるキャサリン。霧香はその顔を一瞥《いちべつ》し、和麻に目で問いかける。

「ま、確かに決着はついてない」

和麻は肩をすくめ、気のない声で答えた。

「ほら、御覧《ごらん》なさい！」

和麻の言葉に力を得《え》て、お嬢様は誇《ほこ》らしげにそっくり返ったものだった。


マクドナルド一族——それは、合衆国《がっしゅうこく》に居《きょ》を構《かま》える炎術師の名家である。国の歴史が浅い以上、一族の歴史も、この業界《ぎょうかい》では新興《しんこう》と呼ばれる程度《ていど》のものでしかないが、だからこそ活力《かつりょく》は旺盛《おうせい》だった。

彼《か》の一族は、精霊獣の権威《けんい》として広く世に知られている。

精霊獣とは、一群《いちぐん》の精霊を仮想人格《かそうじんかく》に統御《とうぎょ》させることで一個の生物と見立て、それを一種の使《つか》い魔《ま》と成《な》したものである。

日本では邪道扱《じゃどうあつか》いされていることもあり、目にすることさえ滅多《めった》にないのだが、マクドナルド一族は、これの創造《そうぞう》と使役《しえき》に関して、世界最高峰《さいこうほう》とも言える技術を有しているのだ。

昨年の末のことである。キャサリン・マクドナルドは天使型の精霊獣——彼《か》の一族では守護精霊《ガーディアン》と称《しょう》している——メタトロンを擁《よう》し、神凪一族から最強の称号を奪《うば》い取らんと綾乃に戦いを挑《いど》んだ。

結局《けっきょく》、キャサリンの主張《しゅちょう》するように明白な決着はつかなかったのだが、綾乃は戦いの終盤《しゅうばん》で、精霊獣を——どれだけ強力なものであろうと——無力化《むりょくか》する術を見出《みいだ》している。

もしも審判《しんぱん》がいたとしたら、誰もが綾乃の優勢勝《ゆうせいが》ちと判断《はんだん》するだろう。先の戦いはそういうものだったのだ。

胸を張《は》るキャサリンを生暖《なまあたた》かい眼差しで見やり、和麻は言う。

「まあ、過ぎたことはどうでもいいんだ。それより聞きたいことがあるんだが」

「何ですの？」

「最近、この辺で妖魔狩《か》って回ってる？」

「ええ。一匹たりとも逃《のが》してはおりませんわ」

何やら自慢《じまん》げに言い放《はな》ったキャサリンを前に、和麻と霧香は目配せを交わし合う。

「それがどうかしましたの？」

「こちらのお姉さんは、もうちょっと人目《ひとめ》を気にして欲しいと思ってるらしい」

「ただでさえ派手な精霊魔術《まじゅつ》——それも精霊獣なんて見るからにオカルティックなものを公然《こうぜん》と使われては困るんです。神秘《しんぴ》は秘匿《ひとく》されるべき、という原則《げんそく》は貴国《きこく》でも同様だと伺っていますが？」

軽薄《けいはく》な口調で語る和麻に続き、理路整然《りろせいぜん》と言い聞かせる霧香。

キャサリンは意外と素直《すなお》に頷いた。

「分かりました。気をつけておきましょう」

「ありがとうございます」

穏便《おんびん》に事態《じたい》を終息《しゅうそく》させることに成功《せいこう》し、霧香は顔を綻《ほころ》ばせる。

「それはそうと、なんでそんなことを？」

興味本位《きょうみほんい》に、和麻は尋《たず》ねた。キャサリンは迷《まよ》いなく答える。

「無論《むろん》、あの小娘《こむすめ》を倒すための練習《トレーニング》です」

「無駄だろ」

こちらもノータイムで、和麻は断《だん》じた。キャサリンは怒りに頰《ほお》を染《そ》め、叫《さけ》ぶ。

「私《わたくし》ではあの娘に勝てないとおっしゃるつもりですか⁉」

「そっちじゃなくて練習《れんしゅう》内容の方。今さら雑魚《ざこ》を潰《つぶ》してレベルアップできるような腕《うで》でもないだろうが」

ゲームではないのだ。経験値《けいけんち》を貯《た》めてレベルアップ、などという便利《べんり》な成長システムはこの世にはない。自分より遥《はる》かに弱い敵など、いくら倒したところで得るものはないのだ。

「そんな暇《ひま》があったら精霊獣の改良《かいりょう》でもしとけよ。あのメタトロンとかいうやつじゃ、綾乃には絶対《ぜったい》に勝てないぞ」

「そんなことはありません！」

テーブルを叩《たた》きつけるような勢《いきお》いで、キャサリンは返した。

「メタトロンは、我《わ》が一族が総力《そうりょく》を結集して創《つく》り上げた最強の守護精霊《ガーディアン》です！　完全に使いこなすことができれば、あのような小娘ごときに負けるはずがありません！」

「最強、ねえ」

意気込《いきご》むキャサリンの気勢《きせい》を軽く受け流し、和麻は嗤《わら》う。

「誰《だれ》が言ったのか知らんが、何も分かってない馬鹿《ばか》だったのか、それとも皮肉《ひにく》のつもりだったのか——」

「そこまでにしておきなさい」

冷ややかに、キャサリンは和麻の言葉を遮《さえぎ》った。

「私は、侮辱《ぶじょく》に対して寛容《かんよう》ではありませんし、寛容でありたいとも思っていません。非力《ひりき》な風術師《ふうじゅつし》の分際《ぶんざい》で、何を勘違《かんちが》いしているのかは知りませんが——もしも神凪の巫女姫に仕《つか》えていることで自分も強くなったと錯覚《さっかく》しているようなら、身《み》の程《ほど》を教えて差し上げてもよろしくてよ？」

「——ぷっ」

たまらず吹き出した霧香を、キャサリンは火がつくような目つきで睨み据《す》えた。和麻は失笑《しっしょう》しつつ、霧香の脇腹《わきばら》を肘《ひじ》で小突《こづ》く。

「笑うなよ。お嬢様は御立腹《ごりっぷく》の御様子《ごようす》だぞ」

「だ、だって……」

和麻の肩に顔を埋《うず》め、霧香は笑いの衝動《しょうどう》に身を震《ふる》わせた。

「あなたが虎《とら》の威《い》を借《か》る狐《きつね》だなんて。──やだ、もう、似合《にあ》いすぎ」

「憧《あこが》れの職業《しょくぎょう》だな。自分では何もしないでよさそーな辺りが素晴《すば》らしい。一度なってみたいもんだ」

怒《いか》れるキャサリンを前にしても、二人は恐《おそ》れる様子もなく楽しげに笑っている。キャサリンの眉が急角度《きゅうかくど》で跳《は》ね上がった。

「──そこまで言った以上、覚悟《かくご》はできているのでしょうね？」

静かな、それ故《ゆえ》に怒りの度《ど》合《あ》いがよく分かる口調《くちょう》。しかし、二人に向けられたそれを、霧香は和麻に丸投げする。

「と、お嬢様は仰《おお》せですけど？」

「今さら聞いてんじゃねーよ。最初っから俺に押しつけるつもりだったんだろうが」

呆《あき》れたように、和麻が言う。途端《とたん》、霧香は悪戯《いたずら》っぽく笑い、和麻の肩を叩《たた》いた。

「あ、バレてた？　じゃ、彼女のことは任《まか》せるわね。うまいことやっといてちょうだい」

「ま、その程度《ていど》は任されよう。んじゃ行こうか」

軽く請《う》け合《あ》って、和麻は怒り心頭《しんとう》に発するキャサリンを促《うなが》した。

「——灰も残さず、焼き尽《つ》くして差し上げますわ」

完全に本気の口調で言い放《はな》つキャサリン嬢。和麻は答えず、ただ小さく笑って平然《へいぜん》と彼女に背を向ける。

その背中を射抜《いぬ》くような眼光《がんこう》で睨《にら》みながら追っていくキャサリンを、霧香は独《ひと》り座《すわ》ったまま、生暖《なまあたた》かく見送った。

「頑張《がんば》ってねー」

去りゆく和麻の背中に、そんな言葉を贈《おく》りながら。


「————」

喉元《のどもと》に突《つ》きつけられた刃《やいば》——行きがけに金物屋《かなものや》で買った果物《くだもの》ナイフ——を、キャサリンは我《わ》が目を疑《うたが》うような表情で凝視《ぎょうし》した。

「これで三本目——まだやる？」

「ほい」

ナイフを手にした和麻の態度《たいど》には、気負《きお》いというものがまるでなかった。人の急所《きゅうしょ》に刃を触《ふ》れさせていながら、継続《けいぞく》の意志《いし》を問う口調は冗談《じょうだん》のように軽い。

しかし、それは逆《ぎゃく》に言えば、その気になれば緊張感皆無《きんちようかんかいむ》の緩《ゆる》んだ表情のまま、躊躇《ちゆうちよ》なく頸動脈《けいどうみやく》を斬《き》り裂《さ》くこともできるということでもあった。

「…………」

無意識《むいしき》に一歩後ずさる。和麻は動いたようには見えなかったが、ナイフは首筋《くびすじ》に接着《せっちゃく》されたように、一瞬《いっしゅん》も離《はな》れずついてくる。

見ると、和麻と自分との距離も、やはり全く変わっていなかった。

「……あなた、何者ですの？」

完全に戦意《せんい》を挫《くじ》かれ、キャサリンは呻《うめ》くように問いかけた。対して、和麻はおどけた仕《し》草《ぐさ》で肩をすくめ、さらりと言い切る。

「何者ってもな——ただのフリーの風術師だが？」

間違《まちが》ってはいないが、正解からも遠い回答《かいとう》。あからさまに疑《うたが》わしいその答えを、キャサリンは無論《むろん》、信じなかった。

「メタトロンを果物ナイフで解体《かいたい》できる『ただの風術師』？　冗談にもなっていませんわ。凰《ファン》家に縁《ゆかり》の方ですの？」

「いや。何人か知り合いはいるが、その程度の付き合いだな。今のところ、所属《しょぞく》してる組《そ》織《しき》はないぞ」

「…………」

明らかに納得《なっとく》していない顔だったが、キャサリンは追及《ついきゅう》を取り下げた。問い詰《つ》めたところで吐《は》きそうにないし、聞くべきことはもっと他にある。

「さっきの方が笑っていたのは、こういうことでしたのね。あなたは、神凪の巫女姫より強い」

「まーな」

謙遜《けんそん》もせず、和麻はぬけぬけと言い放った。そして、心もち表情を改《あらた》め、続ける。

「これで分かっただろ。お前じゃ綾乃には勝てない。おとなしくアメリカに帰れ」

「——どういうことですの？　あなたに敗《やぶ》れたからといって、神凪の巫女姫にも勝てないということにはならないでしょう？　あなたは彼女よりも強いと、自らそう言ったはず」

キャサリンは咄嗟《とっさ》に反論《はんろん》した。が、和麻は呆《あき》れたように眉をひそめる。

「お前、なんで俺に負けたか分かってないのか？」

「私の敗因《はいいん》、ですか——？」

問われて、キャサリンは先の三連戦を回想《かいそう》する。が——

「いいえ」

それだけしか答えられなかった。自慢《じまん》の守護《しゅご》精霊《せいれい》がどうやって破壊《はかい》されたのか、彼女にはそれさえも見抜けなかったのだ。

「口惜《くちお》しいことですが、実力差《じつりょくさ》がありすぎます。何をどうされたのか、私にはまるで」

「何をされたのかはどうでもいい。問題はお前がどうなったかだ」

キャサリンの言葉を遮り、和麻は言った。

「お前の戦術《せんじゅつ》は、精霊獣《さえぎ》に特化《とっか》されすぎてる。だから、精霊獣を破壊された途端《とたん》に何もできなくなるわけだ」

「…………」

キャサリンは再び戦いを回想した。確かに三回とも、メタトロンを破壊された直後の追《つい》撃《げき》に対応《たいおう》しきれず、自分は敗れている。

「メタトロンは高性能《こうせいのう》すぎるんだよ。精緻《せいち》な造形《ぞうけい》、おまけに多機能《たきのう》、高出力《こうしゅつりょく》──それは結構なことだが、そんなものを完全に制御《せいぎょ》しようと思えば、他のことをする余裕《よゆう》はなくなる。俗《ぞく》に言う『メモリ不足』ってやつだ。お前、メタトロン制御しながら、自分で炎術使えないだろ？」

「それは……」

「要《よう》するにメタトロンという術式《システム》は、お前の能力を全て精霊獣の器《うつわ》に移《うつ》し替《か》えるだけのものになってる。多少は出力も増えてるし、自分が直接戦わない分、怪我《けが》する危険は減《へ》ってるだろうが——言ってしまえばそれだけだ。

特に綾乃みたいな、どんな精霊獣だろうと一発で潰《つぶ》せるような奴《やつ》を相手にするには、メタトロンは無駄に複雑《ふくざつ》すぎる。いっそ使い捨《す》てを前提《ぜんてい》にした単純《たんじゅん》なやつを使った方が、まだ勝率《しょうりつ》は高いぞ」

「————」

奇妙《きみょう》な表情で、キャサリンは和麻を見つめていた。少なくとも、自慢《じまん》の精霊獣をこき下ろされて怒《いか》りに震《ふる》えている、という雰囲気《ふんいき》ではない。

「——どした？」

「おかしな人ですわね、あなた。私にそんなことを教えてくださるなんて。神凪の巫女姫が負けても構《かま》いませんの？」

キャサリンが呆《あき》れた口調で言うと、和麻は意表《いひょう》をつかれたように目を瞠《みは》り、顔をしかめた。苦々しく、呻《うめ》く。

「迂闊《うかつ》だったな。俺としたことが、無料《タダ》で情報をくれてやるなんて」

「いえ、私が言っているのはそういうことでは——」

更《さら》に呆れた様子で突っ込みかけて、キャサリンはふと口を閉ざした。思案《しあん》するように目を細め、和麻を見据《みす》えて、問う。

「あなた、どこの組織にも所属《しょぞく》していないとおっしゃいましたわね？」

「ああ」

「神凪にも？」

「お得意《とくい》さんではあるがな」

和麻の答えに迷いはなかった。事実《じじつ》、彼には自分が神凪の一員だという認識《にんしき》は微塵《みじん》もない。重悟《じゅうご》や煉《れん》に対する好意とそれとは、全く別の問題だった。

躊躇《ちゅうちょ》なく言い切った和麻を見つめること数十秒——そして、キャサリンは意を決したように口を開く。

「なら、私に雇《やと》われる気はありまして？」


数日後。

人気《ひとけ》のない寂《さび》れた公園で、キャサリンは独《ひと》り瞑目《めいもく》し、佇《たたず》んでいた。

そして数秒後——不意《ふい》に、かっ、と目を開き、高らかに叫《さけ》ぶ。

「出《い》でよ——ウィスプ！」

呼びかけに応《こた》え、空中に火球が出現《しゅつげん》した。火球は意思あるもののように宙《ちゅう》を舞《ま》い、ぴたり、と静止《せいし》する。

「撃《ファイア》て！」

命令に従《したが》い、火球——ウィスプは分裂《ぶんれつ》するように小さな火球を射出《しゃしゅつ》した。続けて二発、三発——

撃《う》ち出すたびに身体《からだ》を萎《しぼ》ませながら、ウィスプは火球を連射《れんしゃ》する。それが十発目に至《いた》った時、ウィスプは霞《かすみ》のように空気に溶《と》けて消滅《しょうめつ》した。

「ふむ——ま、こんなもんか」

少し離《はな》れたところから、そんな声が漂《ただよ》ってきた。実験《じっけん》を見守る科学者《かがくしゃ》のような——というには些《いささ》かならず熱意《ねつい》に欠けた、投《な》げ遣《や》りな声が。

キャサリンは不満げな顔で振《ふ》り返る。険のある眼差《まなざ》しが声の主——和麻を見据《みす》えた。

「本当に、これで彼女に勝てますの？」

「メタトロンでやるよりも勝率《しょうりつ》は高いと思うがな」

疑《うたが》いを込めて問いかけるキャサリンに、どこまでも張《は》り合いのない口調で答える和麻。

当然《とうぜん》ながら、そんな答えではキャサリンを満足させることはできない。

「このような粗雑《そざつ》な守護精霊、私の趣味《しゅみ》ではありませんわ！」

彼女の怒りも、無理《むり》はないと言えるだろう。和麻の意見を元にキャサリンが作製《さくせい》した守護精霊〈ウィスプ〉は、メタトロンとは比較《ひかく》するのも馬鹿《ばか》らしいほどロースペックな代物《しろもの》だったのだ。

形態《けいたい》はただの球。能力は飛行《ひこう》による移動《いどう》と、自分の身体を千切《ちぎ》って投げるような火球の射出ができるだけ。破壊《はかい》されるまでもなく、攻撃によって自身の熱量《ねつりょう》を消費《しょうひ》し尽くせば自然と消滅《しょうめつ》する。

守護精霊などという大層《たいそう》な呼び名には、全くもって不釣《ふつ》り合いだった。はっきり言えば、単なる使い捨《す》ての移動砲台《いどうほうだい》である。

芸術品《げいじゅつひん》にも等《ひと》しい精緻《せいち》な造形《ぞうけい》と、極限《きょくげん》のハイスペックを追究《ついきゅう》したメタトロンを駆使《くし》していたキャサリンが不満に感じるのは、当然と言えば当然だった。

しかし、こちらも当然ながら、和麻はその程度で態度《たいど》を改《あらた》めるような殊勝《しゅしょう》さを持ち合わせてはいない。

「そーかい。ま、無理《むり》して使う必要はない。嫌《いや》ならメタトロンで再戦《さいせん》を挑《いど》んでくれ」

しれっと言い放《はな》った和麻を、キャサリンは複雑《ふくざつ》な表情で見つめた。

「……あなたの策《さく》が有効《ゆうこう》であることは認めます。けれど、疑《うたが》われても仕方《しかた》がないでしょう？　話を聞いただけでも、あなたと神凪の縁《えにし》が浅からぬものであることは分かります。それなのに、本当に巫女姫が敗れても構わないと思ってらっしゃるの？」

「構わんよ」

和麻は即答《そくとう》する。

「綾乃が負けた程度じゃ、神凪の看板《かんばん》に大した傷はつかねぇよ。死なれたらさすがに困るが、幾《いく》ら何でもそこまでのヘマはしないだろうしな。——それに、炎雷覇《えんらいは》をぶん捕《ど》るとかいうのは、まさか本気じゃないんだろ？」

「え？」

きょとん、としたキャサリンの顔を見て、和麻は彼女と関《かか》わるようになってから初めて、緊張《きんちょう》に顔を強張《こわば》らせた。

「……本気、だったのか？」

「いけませんの？」

「死にたい、っつーか一族皆殺《みなごろ》しにされたいって言うんなら止めないけどな。自殺願望《じさつがんぼう》がないならやめとけ。そんなことやった日には神凪一族が——神凪厳馬《げんま》が本気になる」

和麻の言葉に、キャサリンは訝《いぶか》しげに首をかしげる。

「神凪厳馬——確か、現宗主《げんそうしゅ》である神凪重悟と同じ世代《グレード》の術者でしたわね。名を聞き及《およ》んではおりますが、所詮《しょせん》は宗主になれなかった術者。炎雷覇を手にした私が太刀打《たちう》ちできない相手とも思えませんけど？」

「……どうやら本気で分かってないらしいな」

無謀《むぼう》と言うも愚《おろ》かしい台詞《せりふ》を口走ったキャサリンを、和麻は沈痛《ちんつう》な眼差《まなざ》しで見つめた。

「いいか、これは控《ひか》えめな評価《ひょうか》だが――神凪厳馬は、炎雷覇を持った綾乃の十倍は強い」

「――え？」

「宗主にこそ一歩を譲《ゆず》るが、厳馬は一族千年の歴史上、十一人しかいない神炎使いだ。つまり、歴代宗主の大半よりもあいつの方が強い。綾乃ごときが死ぬ気で挑んでも、鼻歌まじりであしらえるような化《ば》け物なんだよ」

もっとも、あの堅物《かたぶつ》が鼻歌うたうとこなんか想像《そうぞう》もつかねーけどな――驚愕《きょうがく》に固まるキャサリンに、和麻はそんなことを呟《つぶや》いた。

「ついでに言っとくと、厳馬は洒落《しゃれ》の通じない奴《やつ》だからな。炎雷覇強奪《ごうだつ》なんぞしようものなら、怒《くる》り狂って単身渡米《たんしんとべい》し、邪魔《じゃま》するもの全てを薙《な》ぎ倒《たお》して奪《うば》い返すことだろうよ。その時にはマクドナルドに連なるものは何一つ、それこそ灰も残ってねー。賭《か》けてもいいぜ」

「…………」

その光景《こうけい》を想像して、キャサリンは小さく身震《みぶる》いした。確かに、それが事実《じじつ》ならば下手《へた》な真似《まね》はできない。

「ですが――それならば何故《なぜ》、神凪重悟が引退《いんたい》した折《おり》に、厳馬が炎雷覇を継承《けいしょう》しなかったのです？　その頃はまだ幼子《おさなご》だったはずの巫女姫——神凪綾乃より、彼の方がふさわしかったはず」

「ああ、それはな——」

苦い顔でかぶりを振りつつ、和麻は答えた。

「そういう意見もあった——つーかそっちの方が主流《しゅりゅう》だったんだけどよ、本人が辞退《じたい》したんだ。『継承は、若い世代へとつないでいくもの。今さら自分が炎雷覇を授《さず》かる理由はない』とか言って」

「まあ、潔《いさぎよ》い方ですのね」

「こっちはいい迷惑《めいわく》だったがな」

「はい？」

「いや何でもない。とにかく、狙《ねら》うのは綾乃だけにしとけ。あいつなら実力的にも性格的にも洒落が通じる」

実は、宗家にはもう一人、手頃《てごろ》な相手がいないこともないのだが、彼は先日、ちょっとショックなことがあって落ち込んでいるところである。誰であろうと手出しをさせる気はなかった。

「……いいでしょう。私は元々、神凪綾乃と決着をつけることだけを目的としていたのですから」

不要《ふよう》な情報はすっぱりと切《き》り捨《す》て、キャサリンは改《あらた》めて綾乃ひとりに狙いを定める。

「というわけで、そろそろあの娘に戦いを挑《いど》もうと思うのですが」

「やれば？　これ以上は、特に教えることもないし」

無責任《むせきにん》に言い放《はな》つ和麻。その締《し》まりのない顔に、キャサリンはどこか思い詰《つ》めた口調で言った。

「それで、和麻にはその場に同行《どうこう》していただきたいのですけど」

「——二人がかりで、ってのは却下《きゃっか》だぜ？」

「無論《むろん》です。あなたは味方のような顔をして、私の側に立っていてくれればいい。それだけでも、あの娘は少なからぬショックを受けることでしょう」

つまりは心理《しんり》攻撃《こうげき》のネタになれ、ということである。人によっては卑怯《ひきょう》と誹《そし》るだろう作戦に、和麻は楽しげな含《ふく》み笑いを漏《も》らした。

「姑息《こそく》だな。好きだぜ、そういうの」

「なんとでもおっしゃい」

皮肉られていると思ったのか、キャサリンは微《かす》かに頬《ほお》を染《そ》め、拗《す》ねるように顔を背《そむ》けた。

「勝ちます——今度こそ、必ず。どんなことをしても」

「そうか、まー頑張れ」

力の入ったキャサリンの宣言《せんげん》に、和麻はまるで熱のない口調で声援《エール》を送ったものだった。


そして、決戦の日。


「…………」

神凪綾乃は憤然《ふんぜん》と腕を組み、イラつきを隠《かく》そうともせずに対戦者《たいせんしゃ》の到着《とうちゃく》を待っていた。

時間は既《すで》に、指定時刻《していじこく》を二十分も過《す》ぎている。さして会いたい相手でもなし、ただの待ち合わせならば帰ってしまいたいところだが、何せ用件は決闘《けっとう》である。

勝手に帰ってしまったら、自分が『逃げた』ことにされかねない。それは綾乃のプライドが許さなかった。

「あー、もうっ、何やってるのよっ！」

苛立《いらだ》ちも露《あら》わに、どかんと足を踏《ふ》み鳴らす。

——ちょうど、その時だった。

キャサリン・マクドナルドが、急ぐ様子もなく、悠然《ゆうぜん》と、その場に姿《すがた》を現したのは。

戦闘のことなどまるで考慮《こうりょ》していない華《はな》やかなドレス。ハイヒールはヒールの先端《せんたん》が針のように尖《とが》ったピンヒールで、十メートルも全力疾走《しっそう》すればヒールがぽっきり折《お》れそうだ。

優雅《ゆうが》にスカートの裾《すそ》を捌《さば》きつつ、キャサリンは綾乃の前に立つ。

「――少し、遅れてしまいましたかしら」

「時計の見方も知らないの、ヤンキー娘《むすめ》？」

棘《とげ》だらけの口調で返す綾乃。キャサリンの眉《まゆ》が、一瞬《いっしゅん》だけぴくりと跳《は》ね上がった。

「相変《あいか》わらず、礼儀《れいぎ》をわきまえない小娘ですわね。私は南部の出身です。ヤンキー呼ばわりされる筋合《すじあ》いはありません」

「どうでもいいわよ、頭悪いのは確かなんだし。この前ので実力差ってものが理解《りかい》できなかったの？」

互《たが》いに好意とは無縁《むえん》の声と表情で舌戦《ぜっせん》を繰《く》り広げる二人。

「あの時の私と同じだとは、思わない方がよろしくてよ？」

「はっ、たったひと月で何が変わるってのよ？」

「――あら、あなたは私と出会う前のひと月で、大きく成長したと聞いていますけど？」

「――っ!?」

小さく息を呑《の》み、綾乃はキャサリンを凝視《ぎょうし》した。彼女と出会うひと月前――それは、ちょうど和麻と再会《さいかい》したばかりの頃だ。

自分を遥《はる》かに超《こ》える術者となった和麻と出会い、敵対《てきたい》し、そして共闘《きょうとう》し、その圧倒的《あっとうてき》な力を間近《まぢか》に見ることで、綾乃は自らの未熟《みじゅく》を思い知らされた。

更《さら》にはそれ以来《いらい》、何故か以前とは桁違《けたちが》いに強力な敵と戦うことが多くなったせいもあり、かつてないほど急激《きゅうげき》に成長しているという自覚《じかく》はある。しかし——

（なんで、こいつがそれを知ってる？）

警戒《けいかい》の視線を向ける綾乃。キャサリンは余裕《よゆう》の笑《え》みでそれに応《こた》えた。

「そう、私はあなたについて、よおく知っていますのよ？　優秀な参謀《さんぼう》がついていますから」

「参謀——？」

疑問の声に応えるように、キャサリンは軽く手を挙《あ》げる。途端、木陰《こかげ》から現れたその『参謀』が、彼女の隣《となり》に歩み寄った。

「な……」

驚愕《きょうがく》に目を見開く綾乃の前で、キャサリンは親しげな態度《たいど》で『参謀』に腕《うで》を絡《から》めていく。

「紹介《しょうかい》が遅れましたわね。彼は私の参謀にして相棒《パートナー》、名を八神和麻——ああ、説明は不要《ふよう》だったかしら？」

「ぱ、ぱーとなー？」

自分ですら言われたことのない称号を耳にして、綾乃は呆然《ぼうぜん》と立ち尽《つ》くす。ぎこちなく視線を巡《めぐ》らせて参謀――和麻を見やるが、彼はキャサリンの言葉を否定《ひてい》しようともせず、落ち着き払《はら》った態度《たいど》で煙草《たばこ》を口にくわえた。

そして、ライターを取り出そうとするが、

「どうぞ」

和麻の肩にしなだれかかったキャサリンが、先端に炎を灯《とも》らせた人差し指を煙草に触れさせ、火をつける。

「サンキュ」

和麻はやはり平然《へいぜん》と応じて、深々《ふかぶか》と煙を吸《す》い込んだ。キャサリンは更《さら》に身体《からだ》を密着《みっちゃく》させ、妖艶《ようえん》に笑う。

「ふふっ、どういたしまして」

「…………」

ベタベタと人目もはばからずにイチャついている二人を、綾乃は無言《むごん》で見据《みす》えていた。

その目が細められていくにつれて、周囲《しゅうい》の気温が物理的《ぶつりてき》には上昇《じょうしょう》し、心理《しんり》的には下降《かこう》していく。

すい、と右手を左肩の上に掲《かか》げた。その位置でぐっと拳《こぶし》を握《にぎ》り、上げた十倍の速度《そくど》で斜《なな》め下に振《ふ》り下ろす。右手が地に向けられた時、その手には炎纏《まと》う緋色《ひいろ》の剣――炎雷覇が握られていた。

「――和麻」

綾乃は抑揚《よくよう》のない口調で男の名を呼び、炎雷覇を突きつける。

「説明しなさい」

冷ややかに命じた。主語《しゅご》も目的語も省略《しょうりゃく》した簡潔《かんけつ》な命令。和麻はキャサリンをしがみつかせたまま、軽薄《けいはく》に答える。

「説明ってもな、単に雇われただけだが」

「雇われたら、あたしの秘密なんでもバラすわけ!?」

「いや、知られて困るようなことは教えてないが。――つーかあったか、そんなの？」

「あるでしょ色々《いろいろ》とっ！」

「そおかあ？」

どれほどの剣幕《けんまく》で迫《せま》っても、和麻の飄々《ひょうひょう》とした態度は変わらない。暖簾《のれん》に腕《うで》押しを地でいく愚挙《ぐきょ》は早々に切り上げ、綾乃はキャサリンに視線を向けた。

「あー、ロッ●リア、だっけ？」

「違いますっ！　栄《は》えある我が一族の名をハンバーガー屋と同一視《どういっし》するなと、何度言えば分かるのですかっ！」

「いいわよもう、モ●でもファースト●ッチンでも何でも。とっととあんた片づけて、和麻とゆっくり話し合いをしなくちゃならないんだから」

剣呑《けんのん》な気配《けはい》を撒《ま》き散《ち》らす綾乃を抑《おさ》えるように、和麻は忠告《ちゅうこく》する。

「念のために言っとくが、普通《ふつう》、話し合いに火力《かりょく》は不要《ふよう》だぞ」

「あら、時と場合によるでしょ」

しかし、綾乃は殺《や》る気満々の口調で答えた。そして再びキャサリンに、

「じゃあ始めましょうか。あ、言っておくけど相手をしてあげるのはこれが最後よ。満足したら大人《おとな》しく帰りなさい」

「…………」

明らかに格下《かくした》に対するものである口調に、キャサリンはこめかみを痙攣《けいれん》させた。勝ち負けすら口にしていない辺り、綾乃はこれを勝負だと思ってもいないのだろう。それこそ『稽古《けいこ》をつけてやる』くらいの気持ちでいるのかもしれない。

「……随分《ずいぶん》と調子に乗っていらっしゃるようですわね？　一応《いちおう》、忠告《ちゅうこく》しておきますと、私は相棒の和麻から必勝の策《さく》を授《さず》かっていますのよ？」

『相棒の』を思い切り強調《きょうちょう》し、再び和麻に抱《だ》きつくキャサリン。今度は綾乃のこめかみに青筋《あおすじ》が浮《う》いた。

「策がどうしたってのよ⁉　小細工《こざいく》なんかじゃ埋《う》められない格の違いってものを見せてあげるわ！」

高らかに叫び、炎雷覇を手に走り出す。それに応《おう》じ、キャサリンも己《おの》が力を顕現《けんげん》させた。

「出《い》でよ――メタトロン！」

キャサリンの眼前《がんぜん》に具現化《ぐげんか》した炎が、急速《きゅうそく》に人の形を取っていく。八頭身《はっとうしん》の雄偉《ゆうい》な体軀《たいく》、背中には巨大な翼《つばさ》、右手に握《にぎ》る炎の剣――陳腐《ちんぷ》なまでにありふれた、けれど、だからこそ人の心を揺《ゆ》り動かさずにはおかない、天《かみ》の使いたる高位《こうい》存在《そんざい》の似姿《にすがた》。

つくりものだと分かっていても、それに畏《おそ》れを抱《いだ》かないことは困難《こんなん》だった。『玉座《メタト》に最も近き者《ロン》』の名を冠《かん》せられた精霊獣は、その名にふさわしい力と風格《ふうかく》を兼《か》ね備《そな》えている。

しかし――

「はっ、今さらそんなものが何になるっていうのよ！」

綾乃が放った炎の一撃《いちげき》は、瞬時《しゅんじ》にメタトロンをただの炎へと還元《かんげん》していた。

神凪一族の誇《ほこ》る浄化《じょうか》の炎は、全ての自然ならざるものを焼き祓《はら》う。そして、炎で形成《けいせい》された精霊獣は、つまるところ術者の意志によって『変質《へんしつ》させられた炎』であり、浄化されるべき自然ならざる『異物』なのである。

天使像の精緻《せいち》な造形《ぞうけい》は溶《と》け崩《くず》れるように失われ、かろうじて人の形をしていると分かるだけの炎塊《えんかい》と化す。喩《たと》えは悪いが、燃焼中《ねんしょうちゅう》の焼死体というのが一番近い表現かもしれない。

「邪魔《じゃま》！」

素《そ》っ気《け》なく言い捨《す》て、綾乃はそれを更《さら》に散《ち》らした。

高密度《こうみつど》の炎の塊《かたまり》であるメタトロンは、強引《ごういん》に術式を解除《かいじょ》すると爆発《ばくはつ》に等《ひと》しい勢《いきお》いで熱《ねつ》量《りょう》を解放《かいほう》する。先の戦いの時、その後始末《あとしまつ》を誤《あやま》ったせいでビルをひとつ半壊《はんかい》させてしまったことは、さすがに忘れていなかった。

二人の間で——和麻はいつの間にやら姿を消していた——体積《たいせき》を十倍以上に膨張《ぼうちょう》させたメタトロンの残骸《ざんがい》が、ぱん、と弾《はじ》ける。それによって生《しょう》じた熱風は、拡散《かくさん》されてなお人の命を奪《うば》うに十分なものだったが、その程度は高位の炎術師にとってはそよ風にも等しい。

綾乃は灼熱《しゃくねつ》の乱気流《らんきりゅう》を事《こと》もなげに突《つ》き抜け、炎雷覇を振《ふ》りかぶってキャサリンに迫る。

（ふん——策《さく》がどうのと言ってたけど、結局何も変わってないじゃない）

唯一《ゆいいつ》の武器たる精霊獣が失われた以上、キャサリン本人の力など高《たか》が知れてる。この時点で、綾乃は自身の勝利を確信《かくしん》していた。

だが、為《な》す術《すべ》もなく立ち尽《つ》くしているように見えたキャサリンが、不意《ふい》に、不敵《ふてき》な笑《え》みを口元に刻《きざ》む。

直後、綾乃がまさに炎雷覇の射程《しゃてい》にキャサリンを捉《とら》えようとした瞬間《しゅんかん》——

「きゃあっ⁉」

綾乃は突然《とつぜん》、火球の集中砲火《しゅうちゅうほうか》に晒《さら》された。


(——かかった!)

綾乃がメタトロンを形成《けいせい》していた炎を突《つ》き抜けて急迫《きゅうはく》する姿を見て、キャサリンは和麻の策が成功しつつあることを悟《さと》った。

素早《すばや》く拡散《かくさん》していく炎に干渉《かんしょう》し、それを原料に新たな守護精霊《ガーディアン》——ウィスプを作り出す。

それも、十二体を同時に。

十二の火球《ウィスプ》は、キャサリンのみに意識《いしき》が集中している綾乃を後方から側面《そくめん》にかけて半包囲《い》し、自身の熱量を全て吐《は》き出す勢いで小さな火球を連射《れんしゃ》する。百を超《こ》える火球が、綾乃のいる一点に叩《たた》き込まれた。

「これなら——」

これほどの攻撃《こうげき》、喰《く》らったのが自分ならば確実《かくじつ》に死んでいる。いくら神凪の直系《ちょっけい》であっても、さすがに無傷《むきず》では済むまい。

(それにしても、まさかこれほど上手《うま》くいくとは——)

感嘆《かんたん》の思いと共に、キャサリンは先日の和麻との会話を思い出していた。

「――本当に、これで上手くいきますの？」

「確実《かくじつ》にダメージを入れられるか、ってことなら断言《だんげん》はできないが、罠《わな》にハメるところまでなら問題ないと思うぞ」

疑念《ぎねん》に満ちたキャサリンの問いかけに、和麻は相変《あいか》わらずの軽い調子で答えた。その口調からは、自分の策に対する不安の色は全く見えない。だが同時に、安心して従えるような信頼感《しんらいかん》もまた、見事《みごと》なまでに欠如《けつじょ》していた。

「たとえば、綾乃がメタトロンを成《な》していた炎を攻撃に利用しようとしたらどうしますの？」

メタトロンが『浄化《じょうか》』された後に残る膨大《ぼうだい》な熱量。それを利用しようと考えるのは、炎術師ならば当然のことだ。新たに炎を具現化《ぐげんか》させるより、既《すで》にそこにあるものを活用《かつよう》した方が楽に決まっているのだから。

それを阻《はば》む術《すべ》はキャサリンにはない。精霊は、己《おのれ》とより強く感応《かんのう》できる者に従《したが》う。それは単純《たんじゅん》な力比《くら》べであり、技術の介在《かいざい》する余地《よち》はない。

そして、炎術師としての素地《そじ》において、キャサリンは綾乃に――というか、マクドナルドは神凪に――遠く及《およ》ばないのだ。

しかし、作戦の根幹《こんかん》を揺《ゆ》るがしかねない指摘《してき》にも、和麻は微塵《みじん》の動揺《どうよう》も見せなかった。

「それはない」

「……言い切りましたわね。根拠《こんきょ》は？」

「綾乃の戦法《スタイル》は、炎雷覇に力を集中しての一点突破《とっぱ》だ。集団戦《しゅうだんせん》ならともかく、一対一で余《よ》計《けい》な術を使うことはまずありえない」

「——随分《ずいぶん》と、詳《くわ》しいのですね？」

「そりゃまー、俺が教えたようなもんだからな」

「————」

キャサリンは冷ややかな眼差《まなざ》しで和麻を見据《みす》えた。自ら鍛《きた》えた、弟子《でし》にも等《ひと》しい者の敵に策《さく》を授《さず》ける——罠でないのなら、理由はひとつしか思いつかなかった。

「私は、彼女の踏《ふ》み台ということですか」

「噛《か》ませ犬とも言うな」

動揺も、そして罪悪感《ざいあくかん》のかけらも見せず、和麻は堂々《どうどう》と言い切った。キャサリンの眼光《がんこう》に殺意《さつい》が宿《やど》る。

「悔《くや》しいか？　だったら勝ってみろ。お前の指導《しどう》に手は抜いてない。最も勝率《しょうりつ》の高い策を示《しめ》したつもりだ。——それでも、綾乃にひと泡《あわ》ふかせる程度が精一杯《せいいっぱい》だろうと思っているが、な」

「上等ですわ」

きっ、と和麻を睨《にら》みつけ、キャサリンは高らかに言い放った。

「あの小娘を叩《たた》き伏《ふ》せて、あなたには私を見くびっていたことを謝罪《しゃざい》させて御覧《ごらん》に入れますわ。——そう、この国には土下座《どげざ》という美しい風習がありましたわね？」

女王様然《ぜん》とした高慢《こうまん》さと残忍《ざんにん》さとを見せつけ、冷たく嗤《わら》う。しかし、それでも和麻は飄々とした態度《たいど》を崩《くず》さず、背伸《せの》びをする子供に対するようにキャサリンの頭を撫《な》でた。

「まー頑張《がんば》れ。応援《おうえん》してやるから」

「お、おやめなさいっ」

お嬢様は、真《ま》っ赤《か》になって和麻の手を振《ふ》り払《はら》ったものだった。

一瞬《いっしゅん》も気を緩《ゆる》めず、キャサリンは綾乃が立っていた辺《あた》りを見つめ続ける。次第《しだい》に視界《しかい》が晴れていき、そこには——

「…………………」

「……無傷《むきず》？」

服や肌《はだ》をところどころ煤《すす》けさせてはいるが、それ以外には傷らしい傷もない綾乃が、不《ふ》快《かい》げに顔をしかめさせて立っていた。

「あれで無傷ですか。全く非常識《ひじょうしき》な」

「ンなわけないでしょっ、見なさいよこれ！　髪の毛焦《こ》げちゃったじゃないの！」

綾乃が示《しめ》すそれに、キャサリンは気のない目をやった。長く豊かな黒髪――そのひと房《ふさ》が、先端《せんたん》をほんのちょっぴり縮《ちぢ》れさせている。

「もうっ、これじゃ五センチは切らなきゃいけないじゃないの。どうしてくれるのよ⁉」

「この際だからベリーショートにするとおっしゃるのなら、協力して差し上げますけど？スキンヘッドも似合《にあ》うかもしれませんわね」

「じゃあ、あたしはその悪趣味《あくしゅみ》な縦《たて》ロールを燃やしてあげるわよっ！」

『髪は女の命』ということか、二人の挑発《ちょうはつ》は互《たが》いに凄《すさ》まじい効果《こうか》を発揮《はっき》した。

ほとんど物理的圧力《ぶつりてきあつりょく》すら有《ゆう》する視線《しせん》で睨《にら》み合う綾乃とキャサリン。その場に居合《いあ》わせただけで寿命《じゅみょう》が縮むような悽愴《せいそう》な殺気《さっき》は、和麻にすら逃走を考えさせるほどのものだった。

「そういえば――」

視線の刃で斬《き》り結びながら、綾乃は再び舌戦《ぜっせん》の口火《くちび》を切る。

「今のが和麻の作戦？　いかにもあいつらしい姑息《こそく》な手だけど、二度は通用しないわよ」

キャサリンは答えない。そんなことは初めから分かっている。

和麻にも言われていた。自分より強い相手を倒《たお》すには、まず何よりも不意《ふい》をつくこと。

初撃《しょげき》でダメージを与えられなければ、ただでさえ低い勝率がほとんどゼロに近くなる、と。

(――だからと言って、退《ひ》けるはずがありませんわ)

そう、退けるはずがない。まだ戦う力が残っているのに負けを認められるほど、彼女のプライドは安くはなかった。

無言《むごん》で意識《いしき》を集中する。虚空《こくう》に出現《しゅつげん》する人魂《じんかい》のごとき火球の群れ。十二のウィスプは一分の乱《みだ》れもなく戦列を成し、綾乃に正対した。

「ふぅん、これがあんたの新しい精霊獣？　随分チャチくなったみたいだけど」

「文句は和麻におっしゃいなさい。これは、和麻があなたを倒すために考案した守護精霊なのですから」

「――――」

綾乃は殺気《さっき》まじりの眼光《がんこう》を和麻に飛ばした。和麻は気にも留《と》めず、薄《うす》く笑って肩をすくめる。

「よそ見してると危ないぞ？」

「――！」

視線を戻《もど》す。ウィスプは既《すで》に散開《さんかい》し、半球状に自分を包囲《ほうい》していた。間《ま》を置かず、砲撃《ほうげき》が来る。十二の精霊獣から撃《う》ち出される数十の火球。

「舐《な》めるなっ！」

綾乃は炎雷覇を身体を中心に一回転させ、放射状《ほうしゃじょう》に炎を放つ。金色の炎は火球を呑《の》み込み、更《さら》に突《つ》き進んでウィスプの半分以上を消滅《しょうめつ》させた。

「はっ、急造品《きゅうぞうひん》とはいえお粗末《そまつ》すぎるんじゃないの⁉　マクドナルドの名が泣くわよ！」

あまりに貧弱《ひんじゃく》な精霊獣を嘲笑《ちょうしょう》し、綾乃はキャサリンに走り寄る。ウィスプは無視《むし》した。数が半減《はんげん》した砲撃《ほうげき》では脅威《きょうい》となり得《え》ない、と判断《はんだん》したのだが――

「――っ⁉」

背筋《せすじ》を駆《か》け上る悪寒《おかん》に従《したが》い、咄嗟《とっさ》に大きくサイドステップ。直後、半秒前の綾乃の位置に、無数の――先刻《せんこく》の一斉射撃《いっせいしゃげき》に匹敵《ひってき》する火球が殺到《さっとう》した。

思わず頭上を振《ふ》り仰《あお》ぐ。上空には拳大にまで体積《たいせき》を減らし、今にも消えそうに瞬《またた》くウィスプの群《む》れ。その数は――十二。

「な――」

驚愕《きょうがく》に目を瞠《みは》る綾乃に、キャサリンは冷然《れいぜん》と微笑《ほほえ》みかける。

「そう、確かにウィスプは、メタトロンとは比較《ひかく》にならないほど簡素《かんそ》なものですわ。ですが、だからこそ起動《きどう》には力も手間《てま》もかかりません。何度潰《つぶ》されても、補充《ほじゅう》は一瞬《いっしゅん》で済みます」

「……………えらい力業《ちからわざ》できやがったわね」

キャサリンの――ひいては和麻の策《さく》を見抜き、綾乃は呆《あき》れたように呟《つぶや》いた。しかし、今さらそんな言葉でキャサリンを動揺《どうよう》させることはできない。

「何とでもおっしゃいなさい。今回は、勝つためには手段《しゅだん》を選ばないと決めました」

いっそ誇《ほこ》らしげですらある口調で、キャサリンは高らかに言い切った。

物量戦《ぶつりょうせん》。

キャサリンに指導員《インストラクター》として雇《やと》われた和麻が提示した戦術は、そのひと言に尽《つ》きた。

どれだけ高度で強力な精霊獣であろうと、綾乃はそれを無力化《むりょくか》してしまえる。ならば、強力ではあっても制御《せいぎょ》に全力を注《そそ》がなければならない精霊獣など、つくるだけ時間と労力の無駄だった。

そこで和麻は、思い切り単純《シンプル》な精霊獣を新たに作製《さくせい》させた。同時に多数を制御でき、起動も一瞬でできる精霊獣を。

これにより四方《しほう》から火力を集中させ、綾乃の処理能力《しょりのうりょく》を超える飽和《ほうわ》攻撃を叩《たた》き込む――

それが戦術の骨子《こっし》だった。

（――確かに、今の私が彼女と渡り合うにはこれしかありませんわね）

炎雷覇を構《かま》える綾乃の絶大な圧力《プレッシャー》と対峙《たいじ》し、キャサリンは思う。

初撃は確かに凌《しの》がれた。しかし、凌がれただけであって破《やぶ》られたわけではない。和麻の策は、ウィスプという守護精霊は、綾乃の足を止めることには成功しているのだ。

ならば、まだ勝算はある。

まだ負けていない。まだ、戦える――

「さあ、いきますわよ神凪綾乃！」

力の大半を使い果たしたウィスプを一旦《いったん》消去し、新たに術式を起動させる。

虚空《こくう》に生じる十二の火球。手足のごとくそれらを操《あやつ》り、キャサリンは幾度目《いくどめ》かの突撃《とつげき》を敢行《かんこう》した。

――ある意味、それは当然の結末だった。

圧倒的な破壊《はかい》力を誇る綾乃に、キャサリンは物量で対抗《たいこう》する。

綾乃の炎は一撃で数体のウィスプを破壊するが、キャサリンは次の一撃が来るより早く同数のウィスプを補充《ほじゅう》し、常《つね》に十体以上で戦列《せんれつ》を成して綾乃と互角《ごかく》に、時には互角以上に渡り合ったのだ。

しかし、いくらウィスプが単純な構成《こうせい》であるとは言え、起動に要《よう》する力は零《ゼロ》ではない。無論《むろん》、ウィスプを破壊するための力も零ではないのだが、綾乃の有する力は、底なしと言ってもそれほど大袈裟《おおげさ》な表現ではなかった。

ウィスプの起動回数が百を超《こ》えた辺りから、均衡《きんこう》していた戦況《せんきょう》が一方へと傾《かたむ》き始める。補充が破壊速度に追いつかなくなってきたのだ。

そして、一度崩《くず》れてしまえば、それを立て直す術《すべ》はキャサリンにはなかった。隙《すき》を見て起動させたウィスプも、火球を放つ間もなく破壊され、後は一方的に押し込まれる。もはや技術や詐術《さじゅつ》で挽回《ばんかい》できる状況ではなかった。

つまるところ、綾乃はどこまでも神凪であり、キャサリンはマクドナルドでしか、なかっ、た——現在の状況《じょうきょう》を端的《たんてき》に言い表すならば、そういうことなのかもしれない。

「——手こずらせてくれたわね」

「あら、もう勝ったつもりですの？　脳天気《のうてんき》なことですわね」

声をかすれさせながらも、キャサリンは負けじと高慢な表情を浮《う》かべてみせる。

綾乃は顔をしかめて炎雷覇を突きつけた。

「息も絶《た》え絶《だ》えのくせに口が減《へ》らないわね。この期《ご》に及《およ》んで、まだ逆転《ぎゃくてん》の秘策《ひさく》を隠してるとか言いたいわけ？」

「無論《むろん》ですわ。相棒《パートナー》の和麻に、あなたの弱点を色々と教えていただきましたもの」

綾乃はぴくりと眉を跳《は》ね上げ、キャサリンを睨む。

「たとえば——あなた、私が負けを認《みと》めなかった場合、私を殺せまして？」

「——！」

一瞬、綾乃は息を呑《の》む。隠《かく》しようのない反応《はんのう》に、キャサリンは嘲《あざけ》るように嗤《わら》った。

「やはりね。前に会った時の甘《あま》ちゃんな態度《たいど》からして、そんなことではないかと思っていましたわ。——あなた、人を殺したことがないのでしょう？」

図星《ずぼし》を指《さ》され、綾乃は視線《しせん》を泳がせた。が、すぐに気を取り直し、淡々《たんたん》と言い返す。

「取り敢《あ》えず、気絶《きぜつ》するまで殴《なぐ》り回すことだってできるけど？　失神《しっしん》ＫＯされても『死んでないから負けてない』なんて戯言《たわごと》、誰も相手にしてくれないわよ」

「まあ、野蛮《やばん》なお言葉」

「うっさい黙《だま》れ。で？　顔が倍《ばい》くらいに腫《は》れ上がるまで負けを認めない？」

「そうですわね——」

勧告《かんこく》を考慮《こうりょ》するように小首をかしげ——キャサリンは不意《ふい》に、綾乃の背後《はいご》に焦点《しょうてん》を結ぶ。

「後ろを御覧になった方がよろしくてよ？」

「——!?」

背後に巨大な熱量の出現を感じ、綾乃は素早《すばや》く振《ふ》り返った。そこに——目の前と言っていい至近距離《しきんきょり》に立っていたのは、翼《つばさ》を広げた炎の神像。

（メタトロン――！）

考えるよりも早く、綾乃は炎雷覇を振《ふ》り下ろしていた。溶《と》け崩れる守護精霊の最期《さいご》を確《かく》認《にん》する手間《てま》も省《はぶ》き、再び半回転。

「このっ――え？」

キャサリンの姿は見えなかった。何故ならば、そこにも炎の天使が立ちはだかり、剣を振り下ろさんとしていたためである。

（なんで――）

背後には、今も浄化したばかりのメタトロンだったものの熱量を感じている。

ならば、これは。

「メタトロンの多重《たじゅう》起動――!?」

完全に不意をつかれた。まさか、こんなことが可能だとは。

二体目のメタトロンは、既《すで》に剣を振り下ろしている。間に合わない。反撃《はんげき》はおろか、防《ぼう》御《ぎょ》や回避《かいひ》すらも。

（やられ――）

「――る……って、え？」

炎の剣が、綾乃の頭蓋《ずがい》を両断《りょうだん》するかと思われた瞬間、メタトロンは幻《まぼろし》のように消滅《しょうめつ》した。

　綾乃は呆然《ぼうぜん》と目を瞠る。

「――なに？　え――あ！」

　戸惑《とまど》いながらも視線を巡《めぐ》らすと、メタトロンを隠《かく》れ蓑《みの》に後退したのか、キャサリンが少し離《はな》れた場所でこちらを睨《にら》みつけていた。

　困惑《こんわく》は取り敢えず棚上《たなあ》げし、綾乃は決着をつけるべく疾駆《しっく》する。しかし、炎雷覇を振り上げた瞬間《しゅんかん》、

「うわっ⁉」

　いきなり足を刈《か》られた。つんのめったところで腕《うで》を巻き取られ、視界《しかい》が縦《たて》に回転《かいてん》する。

「っと！」

　倒れそうになったところを絶妙《ぜつみょう》のタイミングで引き上げられ、綾乃は綺麗《きれい》に足から着地《ちゃくち》した。勢《いきお》い余《あま》って数歩進んでから、自分を投げた相手に向き直る。

「なにするのよ、和麻！」

「落ち着け、もう終わってる」

「え？」

「気絶《きぜつ》してるぞ、あいつ。立ち往生《おうじょう》ってやつだ」

　いや根性《こんじょう》だねえ、とか呟《つぶや》きながら、和麻はキャサリンに近づいていった。直後、タイミ

ングを合わせたようにくずおれる彼女をそつなく受け止め、開いたままの目を閉じさせる。

「頑張ったじゃねーかよ、お嬢様」

くつくつと愉快《ゆかい》げに笑い、慈《いつく》しむように頭を撫《な》でる。綾乃はその様《さま》をもの凄《すさ》まじく不愉《ふゆ》快《かい》そうな顔で見据《みす》えながら、押し殺した声で問いかけた。

「気絶って、なんでよ?」

「なんでってそりゃー、いい加減《かげん》、力尽《つ》きそうだって時にあんな無茶《むちゃ》すりゃ意識《いしき》も飛ぶだろ、普通」

「——ああ」

綾乃は納得《なっとく》したように頷《うなず》いた。

「あれが、あんたの教えた切り札なの?」

「いや、俺が教えたのは今のこいつにできる最善《さいぜん》だ。脳《のう》みそ焼き切れかねない無茶《むちゃ》なんか教えねえよ。しっかし——」

和麻は綾乃を見やり、愉《たの》しげに笑う。

「あと一秒保《も》ってたらお前の負けだったな」

「——」

それは全くその通りだったので、綾乃は何も答えない。

「まあ、あれだ。確かに最後に立ってたのはお前だったわけだが」

「別に、いいわよ。引き分けで」

吐《は》き捨《す》てるように返した。格下《かくした》相手にここまで追い詰《つ》められた上、投げ与《あた》えられたも同然の勝利を誇る趣味《しゅみ》は綾乃にはなかった。

「いい経験《けいけん》になったろ？」

「──まあね」

不本意《ふほんい》ながらも、綾乃は頷く。

たとえ実力で劣《おと》っていても、やり方次第《しだい》では互角《ごかく》以上に戦える。その認識《にんしき》は、今までの綾乃にはないもので、これからの綾乃には必要《ひつよう》なものだった。自分より強いものは決して少なくないと、今の綾乃は知っているから。

（もしかして、和麻はそのために──？）

ふと、意識に浮《う》かんだ推測《すいそく》を、綾乃は即座《そくざ》に振《ふ》り払《はら》った。この男がそんな親切なことを考えているはずがない。

それに、今はそんなことより──

「ところであんた、いつまでその女抱いてる気？」

ドスの利《き》いた声で詰問《きつもん》すると、和麻は不思議そうに首をかしげた。

「ん？　いや、仕方ないだろ？　気絶してるんだし」

「そこらへんに転がしといたって死にはしないわよ」

「うわひでぇ」

「黙れ。あんたが人道とか語るな」

綾乃は更に険悪《けんあく》な口調で唸《うな》るが、和麻は肩をすくめて受け流す。

「まーとにかく、今日はお疲れさん。そんじゃ」

「ってどこ行くのよ⁉」

「帰るんだよ。こいつ送ってかなきゃならねーし」

「放っていけばいいのよ、そんな女」

「――あ？」

さすがに怪訝《けげん》に思い、和麻は綾乃をまじまじと見つめる。綾乃は微《かす》かに頬《ほお》を染めてそっぽを向いた。

「んなわけにもいかねえだろ。一応《いちおう》、依頼主《いらいぬし》だぞ、こいつは」

信用第一の商売である。気絶した依頼主を置き去りにするような人間は、どれほど腕が立とうと評価《ひょうか》はされない。

「そんなことは分かってるけど……」

「だったら馬鹿なこと言うな。それに——」

にやぁ、と唇《くちびる》を歪《ゆが》め、和麻は思い切り質《たち》の悪い笑みを浮かべる。

「こいつはもうアメリカに帰るんだ。いなくなる女に嫉妬《しっと》しても意味ないぞ」

「なっ——」

綾乃は瞬時《しゅんじ》に耳まで赤くなった。

「だ、だ、誰が嫉妬してるっていうのよ⁉」

「ん？　違うのか？　まーどっちにしろ安心しろ。お前の護衛《ごえい》に雇《やと》われた時は、ちゃーんと優しく可愛《かわい》がってやるから」

「な、な——っ！」

動揺《どうよう》のあまりに言葉をなくした綾乃が立ち直るより早く、和麻はキャサリンを抱きかかえて脱兎《だっと》のごとく走り出す。

「あっ、待て——」

だが無論《むろん》、和麻が待てと言われて待つはずもなく、

「こ……っんのバカあああっ！　死んじゃええぇっ‼」

綾乃の叫びは、虚《むな》しく空に響《ひび》き渡ったのだった。

——と、こんなわけで綾乃とキャサリンの術者としての戦いは、ひとまずの決着を迎《むか》えたわけなのだが。

「是非《ぜひ》とも我が家においでくださいな。一族を挙《あ》げて歓待《かんたい》させていただきますから。——それに、父にあなたを紹介《しょうかい》しておきたいですし……」

「ふざけんなっ！　だいたい、なんであんたがまだ日本にいる⁉　とっととアメリカ帰れこの負け犬っ！」

種目を変えての戦いは、これからも続いたり、続かなかったりしたとかいう話である。

宿敵《しゅくてき》

その日、柊太一郎《ひいらぎたいちろう》は、彼にとっての不倶戴天《ふぐたいてん》の敵である、その男と出会った。

相変《あいか》わらず締《し》まりのない、緩《ゆる》みきった顔つき。皮肉《ひにく》げに歪《ゆが》んだ唇《くちびる》。自分以外の全てを見下す傲岸不遜《ごうがんふそん》な眼差《まなざ》し。

こんなにも見るからに品性下劣《ひんせいげれつ》な男なのに、何故《なぜ》『先輩《せんぱい》』は――

何百回となく抱《いだ》いた思いをまたひとつ積《つ》み重ね、太一郎は男を険《けわ》しい視線《しせん》で睨《にら》みつけた。

「この子、知り合い？」

男と腕《うで》を組んでいた女性が、小首を傾《かし》げて問いかける。

眼鏡《めがね》をかけた理知的《りちてき》な美女――『先輩』とも『前の女』とも違う、彼が知っているだけでも三人目の女。男に対するただでさえ強い反感が、一秒ごとに高まっていくのが分かる。

しかし、男は太一郎の視線を余裕《よゆう》ぶった態度《たいど》で受け流し、いっそう卑《いや》しい笑みを浮かべた。そして、平然《へいぜん》と言い放《はな》つ。

「いや、知らんな」

「――」

ピクリとこめかみが痙攣《けいれん》した。怒《いか》りが沸点《ふってん》を超《こ》えかけるが、かろうじて堪《こら》える。無様《ぶざま》に激発《げきはつ》したところで、この男にダメージは与えられない。

(落ち着け)

太一郎は自分に言い聞かせる。武器《ネタ》はあるのだ。今日こそは、この男に一矢報《いっしむく》いずにおくものか――

固い決意《けつい》を胸に、挑発的《ちょうはつてき》な笑みをつくった。嘲《あざけ》るように、言う。

「ふん、男の顔なんて憶《おぼ》える価値《かち》もないってことか、八神和麻《やがみかずま》?」

わざとフルネームで男――和麻の名を呼ぶ。人違《ひとちが》いではないことを、隣《となり》の女に知らしめるように。

「会う度《たび》に違《ちが》う女引き連れて。その女《ひと》は何番目の恋人なんだよ?」

もしも自分が言われたら、動転《どうてん》せずにはいられないであろう爆弾発言《ばくだんはつげん》。しかし、期待《きたい》した反応《はんのう》はどちらからも現れなかった。和麻はおろかその隣《となり》の女性さえ、驚《おどろ》きもせず、面白《おもしろ》そうに笑っている。

「それは、私も興味《きょうみ》あるわね」

軽く凄《すご》んでみせながら、女は和麻を問《と》い詰《つ》めた。

「私は何号さんで、通し番号は幾《いく》つ目まであるのかしら？」

台詞《せりふ》は怖《こわ》いが、怒っていないことは態度《たいど》で分かる。それが、太一郎には不可解《ふかかい》だった。互《たが》いに割《わ》り切った関係で、そんなことは気にしないのか、それとも——それでも許さずにはいられないほど、この男に魅力《みりょく》があるのか。

（こいつが、そんなに——？）

顔はまあ、標準《ひょうじゅん》以上。けれど美形《びけい》というほどでもない上、皮肉《ひにく》げな笑みで三割減《わりげん》。最終的には可《か》もなく不可《ふか》もなしというところ。

性格は極《きわ》めつけに悪い。これほど性根《しょうね》の歪《ゆが》んだ男を、太一郎は未《いま》だかつて知らなかった。学歴もない。職業は怪《あや》しすぎて公言《こうげん》できない。およそ異性《いせい》にはもてそうにない男なのに、何故——

（……アレがうまいとか？）

思わず下品《げひん》な方向に想像《そうぞう》を巡《めぐ》らせる。途端《とたん》、先輩——神凪綾乃《かんなぎあやの》と和麻との、そういう光景《こうけい》を思い浮《う》かべてしまい、太一郎は必死《ひっし》に忌《い》まわしい光景をかき消した。一途《いちず》に綾乃を慕《した》う少年にとって、そのようなことは想像の中でさえ許せることではなかったのだ。

（違うっ！　先輩はまだ清らかな身体《からだ》なんだ！　あんなクズ野郎《やろう》に汚《けが》されたりなんかして

ない――)

「っておい!」

ふと現実に立ち返ると、既《すで》に二人の姿《すがた》は目の前にはなかった。太一郎は慌《あわ》てて周囲を見回し、素知《そし》らぬ顔で立ち去ろうとしている二人の後ろ姿を見つけ出す。

「待てよ!」

「まだ、何かあるのか?」

いかにも面倒臭《めんどうくさ》そうに、和麻は振《ふ》り返った。

「な、なにって……」

文句《もんく》を言おうとして、太一郎は何も言えないことに気づく。綾乃は和麻への好意自体《こういじたい》を否定《ひてい》しているし、和麻もまた、綾乃と付き合ってはいない、と明言《めいげん》している。

つまり、和麻が何人の女を侍《はべ》らせていようと、それを責《せ》める権利は彼にはないのだ。

「う……」

何も言えずに唸《うな》っていると、和麻は太一郎に興味《きょうみ》をなくしたように背を向け、女を促《うなが》して歩き出す。

「いくぞ、柚葉《ゆずは》」

「ま、待てよ!」

再び呼びかけるが、和麻はもう振り返りもしなかった。太一郎の存在《そんざい》を『相手するにも値《あたい》しない』というかのごとく、完全に無視《むし》しきっている。

その小さくなっていく後ろ姿を、太一郎はいつまでも睨《にら》み続けていた。


「何なんですか、あの男はっ⁉」

翌日《よくじつ》——学校で、太一郎は綾乃に憤懣《ふんまん》をぶちまけていた。

「先輩も、いつまでもあんな奴《やつ》と付き合ってちゃダメですよ！　あの拗《ねじ》くれた性格が感染《うつ》ったりしたら一大事《いちだいじ》です！」

「……確かに、それはイヤね」

綾乃は乾《かわ》いた口調で相槌《あいづち》を打った。らしくもなく冷静な態度《たいど》に、七瀬《ななせ》は興味本位《ほんい》で探《さぐ》りを入れてくる。

「意外と落ち着いてるね？　和麻さんと一緒《いっしょ》にいたって女《ひと》のことは気にならないの？」

「ああ、それは、ね……」

曖昧《あいまい》に頷《うなず》きながら、綾乃は苦笑を滲《にじ》ませる。『柚葉』という名前には心当たりがあった。

和麻にとって、少なからぬ負《お》い目のある女の名だ。なにせ彼女は——

「柚葉って、平井《ひらい》柚葉さん？　和麻さんの元カノの」

「ちょっと待てっ!」

さらりと事実《じじつ》を言い当ててくれた由香里《ゆかり》に、綾乃は即座《そくざ》に突《つ》っ込《こ》みを入れた。

「さすがにそれは聞き流せないわよ! どうやって調べたのそんなこと!?」

綾乃が柚葉と関《かか》わったのは、神凪の『仕事』の時のことである。その情報など、本職《ほんしょく》の情報屋《じょうほうや》でもたやすく調べられるようなものではない。ましてや、一介《いっかい》の女子高生には。

にもかかわらず、由香里は当然のように言ってのける。

「どうって、けっこう調べやすいことだと思うけど」

「そんなわけないでしょうが……」

「そう? だって、たかだか四、五年前のことよ? いつの間によりを戻《もど》したのかは知らないけど」

「――え?」

ようやく論点《ろんてん》が微妙《びみょう》にずれていることに気づき、綾乃は首を傾《かし》げた。ほぼ同時に、由香里も違和感《いわかん》の理由《りゆう》に思い至《いた》ったらしく、少し呆《あき》れたように聞いてくる。

「綾乃ちゃん、もしかして知らないの? 和麻さんって聖陵《うち》のOBなのよ。もっとも卒業《そつぎょう》はしてないんだけど」

「え、じゃあ」

「そ、平井柚葉さんも。こっちはちゃんと卒業してる。二人が付き合ってたことは、少し調べればすぐに分かったわ。当時からいらっしゃる先生も多いしね」

「——なるほど」

確かに、それならば調べることは容易《ようい》——とまでは言わないが、可能ではあるだろう。由香里の情報収集《しゅうしゅう》能力《のうりょく》を以《もっ》てすれば、特に。

「で、なに？　和麻さんとの関係は続いてたの？」

「いや、縁《えん》は切れてたらしいんだけど、この前、仕事で偶然《ぐうぜん》会っちゃって」

次はそっちの番、とばかりに問い詰《つ》めてくる由香里に、綾乃は事件の概略《がいりゃく》を語った。本当に大雑把《おおざっぱ》な説明だったのだが、由香里はあっさり納得《なっとく》する。

「で、焼けぼっくいに火がついた、と。まあしょうがないかもねー」

「和麻さんじゃね」

七瀬もまた、それが当然の帰結《きけつ》であるかのように頷《うなず》いた。その二人の言葉に、太一郎はいっそう軽侮《けいぶ》の念《ねん》を深め、蔑《さげす》みを込めて問う。

「……そんなに手当《てあ》たり次第《しだい》なんですか、あの男？　先輩たちもコナかけられたとか？」

しかし、二人は苦笑しつつ手を振《ふ》って、太一郎の推測《すいそく》を否定《ひてい》した。

「違うよ、逆《ぎゃく》」

「和麻さん格好《かっこう》いいから、好きになっちゃっても仕方《しかた》ないよねー、ってこと」

口々に、太一郎には認めがたい意見《いけん》を述《の》べる由香里と七瀬。少年の顔に、疑念《ぎねん》がストレートに現れた。

「そんなに格好いいですか、あれ？」

疑わしげな呟《つぶや》きに、由香里と七瀬は目を見合わせる。

「柊くんは、普段《ふだん》の和麻さんしか見たことないの？」

「……魔法みたいなものを使ってるとこは見ましたよ。でも、関係ないでしょう、そんなの」

魔法を使えるから、使えない者より優《すぐ》れているのではない。格好いいのではない。それをどう使うか、ということにこそ器量《きりよう》が問われるのだと、彼は素人《しろうと》ながらに考えている。

少なくとも太一郎は、自分が『魔法を使えないから』和麻より劣《おと》っているとは思わない。和麻が『魔法を使えるから』格好いいとは思わない。むしろ、その使い方には反感《はんかん》ばかり覚えている。あの男は、強いくせに自分では戦わないから。

苦々《にがにが》しげに答える太一郎を見上げ、由香里は納得《なっとく》したように何度も頷く。

「そっかー、じゃあ仕方ないかもね。でも、ま、そのうち見られるよ」

「あの男の格好いいところを、ですか？」

「うんっ」

迷《まよ》いなく言い切った。

「和麻さんはね、いつもは確かにああだけど、真剣になったらそりゃーもう格好いいのよ。ね、七瀬ちゃん」

「そうだね」

七瀬もまた、ためらうことなく由香里の言葉を肯定《こうてい》する。そして――

「ね、綾乃ちゃん？」

「…………………」

綾乃は答えを返さなかった。探《さぐ》りを入れるような視線から目を逸《そ》らし、頑《かたく》なに口を噤《つぐ》む。

――が。

「綾乃ちゃん、ここで否定《ひてい》しないのは肯定したのと一緒《いっしょ》だよ？」

確かに――太一郎は思う。いつもは口を極《きわ》めて和麻を罵《ののし》る綾乃が、『和麻は格好いい』という言葉を否定しなかった。それは即《すなわ》ち、認《みと》めたくはないが認めざるを得《え》ない、と言ったにも等しい。

「そりゃ、まあ……」

その推測《すいそく》を裏《うら》づけるかのように、綾乃はいかにも渋々《しぶしぶ》といった感じで口を開いた。

「本気のあいつは凄《すご》いし、いつもとは別人みたいだと思うわよ。――それと好き嫌《きら》いとは問題が違うけど」

「もお、綾乃ちゃんったら意地《いじ》っ張《ぱ》りなんだからー。もっと素直《すなお》に『カッコいい』とか『濡《ぬ》れちゃう』とか言えないのー？」

「ぬ……っ⁉」

ほややん、とした柔《やわ》らかい笑顔から飛び出したとは思えない直截《ちょくせつ》な表現に、綾乃は言葉もなく羞恥《しゅうち》に頰《ほお》を染《そ》める。

「ほんとにダメだよ？　ライバルはいっぱいいるんだから、優先権《ゆうせんけん》はちゃんと主張《しゅちょう》しておかないと。あ、そういえば平井柚葉さんって今度――」

「今度、なに？」

「んー」

自分から話題を振《ふ》っておきながら、由香里はもったいぶってタメをつくる。そして――

「やっぱり教えない。どうせすぐ分かることだし」

意味ありげに含《ふく》み笑いを漏《も》らす少女を横目に、綾乃と七瀬は目を見合わせる。

「……なんか、もの凄《すご》い不吉《ふきつ》な予感がするのはあたしだけ？」

「まあ、一番割りを喰《く》うのがあんたってことは間違《まちが》いないだろうけど」

「少しはフォローしようとか思ってよ」

綾乃の要望《ようぼう》に、七瀬は数瞬の間を置き、

「犬に嚙《か》まれたとでも思って――」

「それ違うっ！」


そして数日後。

「今日から教育実習《じっしゅう》をされる、平井柚葉先生だ。みんな、失礼のないようにな」

「よろしくお願いします」

「――――」

一分の隙《すき》なくスーツを着こなし、担任《たんにん》教師の隣《となり》で挨拶《あいさつ》をした柚葉の姿に、綾乃は実に十数秒の間、意識《いしき》を停止させた。

再起動《さいきどう》を果たし、斜《なな》め前方に座《すわ》る由香里に目を向ける。由香里はにこやかに振り返り、

『どう、驚《おどろ》いた？』とばかりにVサインなんかしてみせた。

（えー驚いたわよ。驚きましたとも）

心中《しんちゅう》で呻《うめ》きつつ、綾乃は半眼《はんがん》で由香里を睨《にら》みつける。

――無論《むろん》、その程度《ていど》では、由香里に些《いささ》かのダメージを与えることもできなかったのだが。

てきた。

「久しぶり――ってほど時間は経《た》ってないかしらね？」

放課後《ほうかご》になると、わざわざ接触《せっしょく》を図《はか》ろうとするまでもなく、柚葉は自ら綾乃に話しかけてきた。

「そうね。それに、何年ぶりだろうと親しく挨拶《あいさつ》するような間柄《あいだがら》でもないし」

それなりに友好的《フレンドリー》な柚葉に、素《そ》っ気《け》なく答える綾乃。柚葉は気にした様子もなく、穏《おだ》やかに――しかし、どこか挑発的《ちょうはつてき》に――笑った。

「どういうつもり？」

「どうって、教育実習に来たことなら、当然《とうぜん》教師になるつもりで、よ。実習先に母校《ぼこう》を選ぶことが不自然だとでも言いたいの？」

「それは……そうだけどさ」

柚葉の行動《こうどう》は、客観的《きゃっかんてき》に見ればおかしなところは何もない。ないのだが、ここ数日の一連の事象《じしょう》全てを偶然《ぐうぜん》として納得《なっとく》できるかと問われれば、それもまた否《いな》である。

疑《うたが》わしげな顔をする綾乃に、柚葉は苦笑《くしょう》まじりに言った。

「念《ねん》のために言っておくと、あなたには別に何の用もないわ」

「――和麻にはあるわけ？」

ぼそり、と不機嫌《ふきげん》そうに、綾乃は突《つ》っ込《こ》む。柚葉は興味《きょうみ》深げに綾乃を見やり、次《つ》いで、その場に居合《いあ》わせていた太一郎に目を向けた。

「…………」

告げ口をしたようで気まずくなり、太一郎は咄嗟《とっさ》に目を逸《そ》らした。しかし、柚葉は少年を責《せ》めるようなことはせず、チェシャ猫じみた笑みを浮かべて綾乃に問う。

「私が和麻と会っていると、何か問題があるのかしら？」

「――っ、そんなの――ん？」

反射的《はんしゃてき》に怒鳴《どな》り返そうとした、その時のことだった。綾乃は微《かす》かな違和感《いわかん》を覚え、柚葉に顔を近づける。首筋《くびすじ》にキスでもするように唇を寄せ、数度、鼻を鳴《な》らした。

「か、神凪さん？」

困惑《こんわく》する柚葉の声を黙殺《もくさつ》し、そのまま数秒――そして、言葉の爆弾《ばくだん》を投下《とうか》する。

「……和麻の匂《にお》いがする」

一瞬《いっしゅん》、空白が世界を支配《しはい》した。あまりに大胆《だいたん》な告発《こくはつ》に、誰《だれ》もが言葉もなく、ただ呆然《ぼうぜん》と立ち尽《つ》くす。

「ちょっと、やめてよね」

不快《ふかい》げに呟きながら、柚葉は眉《まゆ》をひそめた。が、心当たりでもあるのか、袖口《そでぐち》を顔の前に持ってきて匂いを嗅《か》いだりしている辺り、説得力《せっとくりょく》というものはあまりない。

この絶好《ぜっこう》の状況《じょうきょう》に、火に油を注ぐことを趣味《しゅみ》にしてるんじゃないかって感じの少女が新たな火種《ひだね》を投げ入れることは、ある意味当然《とうぜん》の成《な》り行きだった。

悪気なんてひとかけらもありません、って口調で、由香里は言う。

「あれ？　でもさー、それって綾乃ちゃんも和麻さんの匂いを憶《おぼ》えるようなことをしてるってことだよね？」

「せ、先輩ッ⁉」

二発目の爆弾（柊専用《せんよう》）に、少年は裏返った叫びを上げた。謂《いわ》れのない糾弾《きゅうだん》を受け、綾乃もまた動揺《どうよう》に頬《ほお》を染《そ》め、叫ぶ。

「ち、違っ、あたしはそんなの知らないし、そんなことしてないっ！」

「そんなことって、どんなこと？」

無邪気《むじゃき》そうに問い返す由香里。その天真爛漫《てんしんらんまん》に見える笑顔を忌々《いまいま》しげに見据《みす》え、綾乃は唸《うな》った。

「……由香里、そろそろ本気で怒るわよ」

「そうよね、綾乃ちゃんがそんなことするはずないわよね。綾乃ちゃんはヴァージンのままでヴァージンロードを歩く人なんだから」

いっそ鮮《あざ》やかとさえ言えるほど調子よく、由香里は態度《たいど》を豹変《ひょうへん》させた。生《あ》き《や》た爆弾《の》をか

らかって遊ぶためには必須《ひっす》の技能《ぎのう》であるとはいえ、賞賛《しょうさん》に値する見切りの良さである。

「…………」

色々と言いたいことはあったが、綾乃は敢《あ》えて突っ込まなかった。ここで話を混《ま》ぜ返すと、いっそう面倒《めんどう》なことになる。

だが、意外なところから突っ込みが入った。

「……嘘《うそ》でしょ？」

柚葉である。驚愕《きょうがく》に目を瞠《みは》り、かすれ声で呟《つぶや》く彼女に、綾乃はぱたぱたと手を振って答える。

「いや、いくらなんでも処女《しょじょ》のまま結婚とかは考えてないですけど」

「そっちじゃなくて。――あなた、まだ和麻に抱《だ》かれてないの？」

「あ……当たり前でしょっ!?　誰があんな奴《やつ》とっ！」

顔を真っ赤にして叫ぶ綾乃を、柚葉はまじまじと見つめた。おそるおそる問いかける。

「神凪さん……あなたまさか、実は男だとか、性病《せいびょう》持ちだとかいうことはないわよね？」

「――ケンカ売ってんなら買うけど？」

ドスの利《き》いた声で、綾乃は唸《うな》った。その形相《ぎょうそう》はヤクザも裸足《はだし》で逃げ出すほどのものだったが、柚葉は気づいた様子もなく、世界の終わりを目にしたような絶望的《ぜつぼうてき》な表情でかぶりを振《ふ》る。

「信じられないわ。ありえない。こんな可愛《かわい》い、おまけに無防備《むぼうび》を通り越《こ》して自分から服脱《ぬ》いで襲《おそ》われるのを待ってるような娘《むすめ》に、和麻が手を出さないなんて」

「ちょっと、平井先生？」

甚《はなは》だしく不本意《ふほんい》な評価《ひょうか》に、こめかみをひくつかせて文句《もんく》をつけようとする綾乃。が、それを制《せい》するように、楽しげに弾《はず》む声が問いを発する。

「平井せんせー、和麻さんって、そんなに手が早い人だったんですかー？」

「それはもう。あれはまさに手当《てあ》たり次第《しだい》ってやつだったわね」

きっぱりはっきり、柚葉は言い切った。

「あいつに彼女寝取《ねと》られて、怒《いか》り狂《くる》ってた男がどれだけいたことか。刺《さ》されなかったのが奇跡《きせき》みたいなものよ」

「あら、まあ」

「ちょっと意外ね」

由香里と七瀬は意外そうに囁《ささや》き合った。今の和麻からは、そういうがっついた印象《いんしょう》を感じないので、少なからず驚《おどろ》いたのだ。

次《つ》いで、太一郎が挙手《きょしゅ》して問いを発する。

「平井先生、ひとつ聞きたいんですけど」

「なにかしら？」

「先生は、何故そんな男と付き合おうなんて考えたんですか？」

「男を見る目がなかったからよ」

やはり刹那《せつな》の迷いもなく、柚葉は言い切った。よほど予想外の返答《へんとう》だったらしく、太一郎は目を丸くして口ごもる。

「え……と、あの……」

「当時の私は引っ込み思案《じあん》で、男と付き合ったことなんてなかったのよ。だから、ちょっと口説《くど》かれただけで舞《ま》い上がっちゃってね」

いや、若かったわ――などと年寄り臭《くさ》いことを呟く柚葉を、ただただ見つめる太一郎。

「つまり、八神と付き合ったのは失敗だった、と？」

「そうね。せいぜい半年かそこらのことだったけど、高校時代の貴重《きちょう》な半年をつまらない男のせいで無駄《むだ》にしちゃったわね。捨《す》てられたショックで受験も失敗したし、踏《ふ》んだり蹴《け》ったりだったわ」

「……そうですか」

冷たく乾《かわ》いた口調《くちょう》で太一郎は頷《うなず》き、綾乃たちに目を向けた。彼女たちが『格好いい』と言った男の、真実の姿を目の前に突きつけるように。

由香里と七瀬は、揃《そろ》って苦笑を漏《も》らしつつ目を見合わせ、綾乃を見る。

和麻の過去《かこ》の乱行《らんぎょう》を知り、さぞや御立腹《ごりっぷく》のことと思っていたのだが、綾乃は意外にも眉《まゆ》を曇《くも》らせ、どこかしょんぼりとした様子で黙《だま》りこくっている。

「あれ、綾乃ちゃん、怒ってないの？」

「……いや、まあ、あの頃《ころ》のあいつに関しては、あたしに文句を言う権利《けんり》はないし」

「綾乃ちゃんと親しくなる前のことだから？」

「それもあるけどさ……たぶん、あの頃のあいつは、そうでもしなきゃやってられなかったのよ」

神凪の宗家《そうけ》に生まれながらも炎術《えんじゅつ》の才《さい》を持たず、一族の全てから蔑《さげす》まれ、孤立《こりつ》していた『神凪』和麻。家庭では誰からも顧《かえり》みられなかったからこそ、彼は一族のしがらみから逃《のが》れられる場所では、誰かから求められようと必死になっていたのではないだろうか。

たとえそれが、心の伴《ともな》わない身体《からだ》だけのつながりであっても。

人は、一人では生きていけないから。

「……ああ」

「なるほどね」

おおまかにではあるが、和麻の過去を知っている由香里と七瀬は、その言葉だけで事情《じじょう》を察《さっ》して神妙《しんみょう》な表情で頷《うなず》いた。柚葉も特に反論《はんろん》はしない。が、

「――どういうことです?」

その辺りの経緯《いきさつ》を全く知らない太一郎にとっては、納得《なっとく》できる話ではなかった。

「それはね――」

「あら、もうこんな時間」

説明しようとした由香里の声に被《かぶ》さるように、柚葉の微《かす》かな焦《あせ》りを帯《お》びた声が流れる。

いつの間にか、立ち話にしては結構《けっこう》な時間が過《す》ぎていた。

「もう戻らないと――あなたたちも早く帰りなさい」

「はーい。じゃ、この話はまた今度ね」

にっこり笑顔で、由香里は話の終了を宣言《せんげん》する。太一郎は、一瞬、聞きたそうな顔をしたものの、和麻に興味《きょうみ》を持っていると思われることが嫌《いや》だったのか、何も言わずに口を噤《つぐ》んだ。

それからしばらく談笑《だんしょう》を続けてから、綾乃たちはようやく帰途《きと》についた。騒《さわ》がしくはしゃぎながら校門に向かっていくと、前方に、先刻《せんこく》別れたばかりの人影《ひとかげ》が見える。

「あっ、平井せんせー」

「あなたたち——早く帰りなさいって言ったでしょう？」

「えへへー、すいません」

軽い叱責《しっせき》を込めた柚葉の言葉に、由香里は素直《すなお》に頭を下げた。が、綾乃はそっぽを向いて言い放《はな》つ。

「別に下校時《じ》刻《こく》すぎてるわけじゃないし、文句言われる筋合《すじあ》いもないと思うけど？」

「素直《すなお》じゃないわねえ、反抗期《はんこうき》？」

「仕方ないと思いますよー？　ほら、先生って綾乃ちゃんの恋敵《こいがたき》みたいなものだから」

「——ああ」

ひとつ頷き、柚葉は意味ありげな微笑《びしょう》を綾乃に向ける。途《と》端《たん》、綾乃の顔が複数《ふくすう》の感情から真っ赤に染まった。

「ゆーかーりー！　あんたも当然のように納得してるんじゃないっ！」

「あんたって……教生とはいえ、私は一応《いちおう》、教師なんだけど？」

「うるさいわっ！　教え導《みちび》くべき生徒に妙《みょう》な邪推《じゃすい》をする教師に払《はら》う敬意《けいい》なんかないっ！」

がるるる、と敵意《てきい》むき出しで唸《うな》る綾乃を余《よ》裕《ゆう》の眼差《まなざ》しで見やり、柚葉は言う。

「へえ、邪推なんだ？　じゃあ、気にする必要もなかったみたいね」

「気にする？　何をよ？」

柚葉は答えず、ただ視線を前方に向けた。目前に迫《せま》った校門——その先に、ガードレールに腰かけた男の姿が見える。

「え——和麻？」

意外な人物の登場に、綾乃は思わず足を速めた。ほぼ同時に、男——和麻も歩き出す。

「和麻、なんであんたがここに——」

話しかけた綾乃を完全に無視《むし》して、和麻はその脇《わき》を通り過ぎていった。そして、柚葉の前で立ち止まる。

「待った？」

「ああ」

柚葉の問いかけに、身も蓋《ふた》もなく率直《そっちょく》に答える和麻。だが、その口調に怒《いか》りの色はなく、柚葉もまた、謝罪《しゃざい》の言葉さえ口にしない。

そのまま二人はごく自然な仕草《しぐさ》で腕を組み、仲睦《なかむつ》まじく寄《よ》り添《そ》って歩き出す——が、柚葉は不意《ふい》に背後《はいご》を振《ふ》り返った。

しっかりと和麻の腕《うで》を抱《かか》え込んだままで綾乃を見やり、くすり、と小さな笑みを浮かべ、軽く手を振る。そして、

「じゃあね」

別れの挨拶《あいさつ》——というか、喧嘩《けんか》を売っているにも等《ひと》しい捨《す》て台詞《ぜりふ》を最後に、今度こそ振り返ることなく去っていった。

「…………」

うつむいて身を震《ふる》わせる綾乃の隣《となり》に、太一郎が進み出る。小さくなっていく二人——主に和麻の方——にあらん限りの軽蔑《けいべつ》を込めた視線《しせん》を送り、綾乃に尋《たず》ねた。

「先輩、本っ当にあれが格好いいと思ってるんですか？」

「……………」

当然、と言うべきか、綾乃には答えを返すことはできなかった。

翌日《よくじつ》の放課後《ほうかご》。綾乃は風紀《ふうき》委員会だか何だかに駆《か》り出された由香里を待ち、七瀬と太一郎と時間を潰《つぶ》していた。

だが、十数分後、由香里は早くも教室に戻《もど》ってきた。まだ会議は始まったばかりのはずなのだが。

「綾乃ちゃん、ちょっといい？」

問いかける声も、表情も、いつも通りに軟《やわ》らかい。しかし綾乃は、その奥に宿る固さを見逃《みのが》しはしなかった。

教室にはまだ、幾人《いくにん》か居残《いのこ》っている生徒がいる。綾乃は七瀬と太一郎に目配《めくば》せして、ごく自然な動作《どうさ》で歩き出した。

廊下《ろうか》に出るなり、緊迫《きんぱく》した声で問いかける。

「何かあったの？」

「あ、うん——あのね、一年生の子がエンジェルさんをやったらしくて」

途端《とたん》、綾乃はピクリと眉《まゆ》を跳《は》ね上げた。

「今時、あんなことやってる子いるんだ？」

「女子高生のオカルト熱は永遠に不滅《ふめつ》なのよ」

とぼけた口調で答える由香里。無論《むろん》、綾乃は付き合わない。

「で、憑かれたと」

「みたい」

「馬《ば》っ鹿《か》じゃないの」

心の底から、綾乃は吐《は》き捨《す》てた。

エンジェルさん。世に星の数ほどある、コックリさんの亜流《ありゅう》のひとつである。コックリさんが狐《きつね》の霊《れい》を喚《よ》び出すのと違い、エンジェルさんは文字通りに天使を喚び出す——というが、もちろん天使のような高位存在《こういそんざい》が素人《しろうと》の召喚《しょうかん》に応《こた》えることなどありえない。やってくるものは低級な動物霊が精々《せいぜい》である。

場合によってはドラッグなどよりもよほど危険《きけん》な遊びであるのだが、由香里が言うように、思春期《ししゅんき》の少女がオカルトに興味《きょうみ》を持つことは珍《めずら》しくもないらしく、こうした事件は後を絶たない。綾乃にしてみれば腹立《はらだ》たしい限りであった。

「ここ?」

由香里に先導《せんどう》されて現場《げんば》である一年生の教室に辿《たど》り着くと、綾乃は迷《まよ》わずドアを開ける。そして、それと対面《たいめん》した。

聖陵学園《せいりょう》の制服《せいふく》を着た、おそらくは一年生であろう女子——の姿を借りた、モノ。教卓《きょうたく》の上に乗って、侵入者《しんにゅうしゃ》である綾乃たちを血走った目で見下ろしている。人の形をしていながら、四《よ》つん這《ば》いの姿勢《しせい》が異様《いよう》なほど様《さま》になっていた。

「——まったく」

あまりに典型的《てんけいてき》な事例《じれい》を目《ま》の当たりにして、綾乃は思わず嘆息《たんそく》した。だが、典型的なだけあって、憑いている霊も底辺に近い雑魚《ざこ》らしい。これなら簡単《かんたん》に祓《はら》えそうだった。少し熱い思いをさせることになるが、そこは自業自得《じごうじとく》ということで諦《あきら》めてもらうことにする。

由香里の手配《てはい》によるものか、教室には綾乃たちの他に人気《ひとけ》はない。ならば遠慮《えんりょ》は無用《むよう》、とばかりに綾乃は炎を顕現《けんげん》させ――

「どうしたの？　なんか騒《さわ》がしいけど」

背後《はいご》からの声に、慌《あわ》ててそれを消去《しょうきょ》した。

それが致命的《ちめいてき》な隙《すき》になると気づいたのは、次の瞬間《しゅんかん》のことである。しかし、綾乃が体勢《たいせい》を立て直すより早く、狐憑きの少女はまさに獣《けもの》そのままの動きで跳《と》びかかってきた。

綾乃にではなく、新たな侵入者《しんにゅうしゃ》――柚葉に。

「げ」

防《ふせ》ぐ暇《ひま》もなかった。教室を覗《のぞ》き込んでいた柚葉は、ひとたまりもなく少女に押し倒される。そして――

「え？」

少女は噛《か》みつきも引っかきもしなかった。逆《ぎゃく》に柚葉の上であらゆる動きを止め、次の瞬《しゅん》間《かん》、糸の切れた人形のようにくずおれる。

「うわ」

嫌《いや》そうな声で、綾乃は呻《うめ》いた。肉眼《にくがん》では見えないものが、彼女にははっきり見えていたのだ。即《すなわ》ち――少女に憑いていた霊が、柚葉に乗り移《うつ》った光景が。

直後、教室を満たす妖気《ようき》の密度《みつど》が跳《は》ね上がった。蛍光灯《けいこうとう》の光が急速に明度《めいど》を落とし、明《めい》滅《めっ》し——消える。

教室が闇《やみ》に落ちていく。照明《しょうめい》が消えただけでは到底《とうてい》足りない、粘《ねば》るような質感《しっかん》を持った暗闇《くらやみ》。その根源《こんげん》が『何』かは、もはや言うまでもない。

意識《いしき》をなくして覆《おお》い被《かぶ》さる少女を乱暴《らんぼう》に押し退《の》け、柚葉はゆっくりと顔を上げた。金色に光る縦《たて》に裂《さ》けた瞳孔《どうこう》が、射抜《いぬ》くように綾乃を睨《にら》む。

「ちょっと……何よこれ」

いきなり強大になった妖気に驚《おどろ》きながら、綾乃は柚葉と知り合った時の事件を思い出す。あの時、綾乃が祓《はら》い損《そこ》ねた霊は柚葉に憑依《ひょうい》し、それまでに数倍する力で暴れ回った。というか、柚葉が霊の力を奪《うば》い取り、嫉妬《しっと》に狂《くる》って暴走したような気もしたが、それはともかく。

もしも、あれがただの偶然《ぐうぜん》でなかったとしたら——

（……こういう体質《たいしつ》なわけ、この人？）

霊媒《れいばい》体質の一種なのか、霊に憑かれやすく、なおかつ霊の力を高めることのできる特異《とくい》体質。何というか、本人の役には全く立たない、あっても迷惑《めいわく》なだけの能力にも思えるが。

「ま、あたしには関係ないか。どうでもいいからちゃちゃっと祓っちゃいましょう」

憑依された人間は代わったが、綾乃の為《な》すべきことに変わりはない。むしろ、相手が柚葉に代わったことで、いっそう気兼《きが》ねなく力を振《ふ》るえるようになったとも言えるだろう。

「ちょおっと熱いけど、我慢《がまん》してよね？」

含《ふく》むところは全くない――とはとても言えない口調で綾乃は呟《つぶや》き、掌《てのひら》に炎を纏《まと》わせる。

だが、それよりもわずかに早く。

――風が流れた。

窓《まど》もドアも、全て閉め切った室内で生《しょう》じるはずもない空気の流れ。あらゆる脈絡《みゃくらく》を無視《むし》して渦《うず》を巻く清らかな風は、うす蒼《あお》く煌《きら》めきながら、教室を満たす闇を瞬時《しゅんじ》に駆逐《くちく》する。

「和麻!?」

綾乃は咄嗟《とっさ》に叫んだ。こんな真似《まね》ができるのは、彼女が知る限り一人しかいない。

「――え!?」

太一郎は周囲《しゅうい》を見回した。無論《むろん》、教室に和麻の姿はない。しかし、綾乃は確信《かくしん》に近い思いを抱《いだ》いているらしく、忌々《いまいま》しげな、同時に憧憬《しょうけい》のようなものを込めた視線で蒼く煌めく風を見つめている。

その眼前《がんぜん》で、柚葉に憑いていた霊は刹那《せつな》の抵抗もできずに浄化《じょうか》され、天へと上って消えていった。

「あら、もう終わった？」

緊張感《きんちょうかん》のない声と同時にドアが開かれたのは、その直後のことだった。そこから現れた女を見て、綾乃は思わず顔をしかめる。

「――橘《たちばな》さん？」

どうやら意識を保《たも》っていたらしく、柚葉は床《ゆか》にへたり込んだまま、女の名を呼んだ。綾乃は意外な取り合わせに目を丸くして、柚葉と女――霧香《きりか》とを交互《こうご》に見やる。

「知り合いなの？」

「……ええ、まあ」

曖昧《あいまい》に頷《うなず》く柚葉。代《か》わりに霧香が詳《くわ》しい説明を始める。

「今、彼女を勧誘《かんゆう》してるところなのよ」

「勧誘って、資料整理室《しりょうせいりしつ》に？」

「ええ。あなたも気づいたかもしれないけど、彼女は一種の霊媒体質なの。だから、将来《しょうらい》を見越《みこ》してうちの施設《しせつ》で訓練《くんれん》をつけているの」

「へえ――訓練」

雄弁《ゆうべん》な視線《しせん》で、綾乃は柚葉を見下ろした。

「ずいぶん乗り気なのね。卒業後《そつぎょうご》の進路《しんろ》は警察官《けいさつかん》？」

「イヤよそんなヤクザな仕事。私は教師になるって言ってるでしょ」

「じゃあなんで訓練なんて受けてるのよ」

「取り敢《あ》えず制御《コントロール》できるようにならないと、使わないって選択《せんたく》もできないじゃない」

「ああ、なるほどね」

おそらくは、この前の一件で厄介《やっかい》な能力に目覚《めざ》めてしまい、和麻に相談し、そのつてで霧香を紹介《しょうかい》された、ということなのだろう。

「あ、じゃあ、和麻が張《は》りついてるのって」

綾乃の問いに、霧香は頷く。

「そ、彼女の護衛《ごえい》。なんか格安《かくやす》で引き受けてくれたし」

「…………」

最後のひと言と柚葉の余裕《よゆう》の笑みが些《いささ》か気になったが、それで大体の事情《じじょう》は理解《りかい》できた。柚葉から和麻の匂《にお》いがしたように思えたのも当然のことだったのだ。彼女の周りには常《つね》に、和麻の風が薄く、しかし隙間《すきま》なく結界《けっかい》のように張《は》り巡《めぐ》らされていたのだから。

「そういうことか……」

「それで、八神の奴《やつ》はどこに？」

「――？」

不意《ふい》に問いを発《はっ》した太一郎に、霧香は訝《いぶか》しげな目を向けた。が、この場にいる以上は問題ないと判断《はんだん》し、端的《たんてき》に告げる。

「校門の手前で待機《たいき》しているわ」

「……そんな遠くから、その……除霊《じょれい》を？」

「正確には浄霊《じょうれい》、だけどね」

霊の消滅《しょうめつ》も厭《いと》わず力ずくで叩《たた》き伏《ふ》せるのではなく、現世への執着《しゅうちゃく》を、無念《むねん》の思いを昇華《しょうか》させ、天に還《かえ》す。高僧《こうそう》の祈《いの》りにも等しいその霊験《れいげん》を、和麻はただ一陣《いちじん》の風で顕《あらわ》すのだ。

「神凪の血に宿《やど》る浄化の秘力《ひりょく》というのは、おそらくはこういうものなんでしょうね。綾乃ちゃんの使い方を見てると、単に破壊的《はかいてき》な力としか思えないけど」

「わぁるかったわねえ、未熟者《みじゅくもの》でっ！」

「――――」

言い争う二人を見るともなしに眺《なが》めながら、太一郎は先刻《せんこく》の幻想的《げんそうてき》な光景を思い出していた。綾乃にもできないという高等技術を、遠く離《はな》れた場所から難《なん》なくやってのける卓越《たくえつ》した力量《りきりょう》。

素人目《しろうとめ》にも分かる。八神和麻という人間が、どれほど優《すぐ》れた存在であるかは。

（くそっ、でも――）

「柚葉さん、具合《ぐあい》はどう？」

認めたくない思いに苦悩《くのう》する太一郎を尻目《しりめ》に、霧香は柚葉の容態《ようだい》を問う。

「——特に、異常《いじょう》はないと思いますけど」

「そう。でも念のために検査《けんさ》は受けてね。あなたは資料整理室《うちき》の期待《たい》の新人なんだから」

「ですから、それはお断《ことわ》り——」

「さ、行きましょう」

柚葉の反論《はんろん》を聞いた様子もなく、霧香は強引《ごういん》に柚葉を引きずっていく。

その光景を見ていた者は皆《みな》、心をひとつにして思ったものだった。

——柚葉が教師になれる可能性《かのうせい》は、限《かぎ》りなく低そうだ、と。


昨日と同じようにガードレールに腰《こし》かけて、和麻は柚葉を待っていた。

昨日と同じその姿を、昨日とは違う眼差《まなざ》しで、太一郎はじっと見つめる。

ただ無為《むい》に佇《たたず》んでいるように見えるその姿が、決してそうではないことを、太一郎は知っている。

風もないのに髪《かみ》がわずかになびいている、その理由を知っている。

その身が纏《まと》う圧倒的《あっとうてき》な力を、朧気《おぼろげ》ながらも感じている。

『和麻さんはね、真剣《しんけん》になったらそりゃーもう格好いいのよ』

由香里の言葉が脳裏《のうり》をよぎった。確かに、弛緩《しかん》しきっているように見えて、和麻には全く隙《すき》がない。もしも今、暴走《ぼうそう》したトラックが突っ込んできても、あるいはミサイルを撃《う》ち込まれたとしても、毛筋《けすじ》ほどの傷をつけることさえ叶《かな》わないのではないか——そう思わせるほどに、その佇まいは完成されていた。

「お待たせ」

柚葉を引きずってきた霧香が呼びかけると、和麻は今初めて気がついた、という風に顔を上げる。そして、答えた。

「今日はもう終わりか？　早いんだな」

異常など何もなかった、と言うようなごく普通《ふつう》の口調。きっと自らの功績《こうせき》を誇《ほこ》るに違いない、と思い込んでいた太一郎は、意表を衝《つ》かれて目を瞬《またた》かせた。

「んじゃ行こうか」

柚葉を促《うなが》して歩き出す和麻を、何も言えずに見送る太一郎。と、その肩が背後《はいご》から叩《たた》かれる。

「いや、プロだねえ」

「仕事はこなして当たり前。自慢《じまん》するようなことじゃない、ってとこかな？」

振《ふ》り返ると、由香里と七瀬がそれはそれは楽しそうな笑みを浮かべてこちらを見つめていた。

「で、どう？　和麻さんの格好よさ、少しは分かった？」

「そう、です――」

不承不承《ふしょうぶしょう》、頷きかけて、太一郎は再び前方に目を向ける。途端、その顔が盛大《せいだい》に強張《こわば》った。数秒の間を置いて、太一郎は呻《うめ》くように言葉を絞《しぼ》り出す。

「……神凪先輩の気持ちがよく分かるような気がします」

「――へえ、そう？」

答える綾乃の声も、噴火寸前《ふんかすんぜん》の火山を思わせるほど、危険な感じに揺《ゆ》れている。

「どんなに強くても、格好よくても！　俺はあいつを認めたくはありません！」

突然《とつぜん》の激情《げきじょう》に驚《おどろ》いて、由香里と七瀬も二人の視線《しせん》を追い――共に感嘆《かんたん》の呟《つぶや》きを漏《も》らした。

「――おや」

「――まあ」

四人の視線の先で、和麻は左腕《うで》を柚葉に、右腕を霧香に預《あず》け、まさに両手に花の状態《じょうたい》でのし歩いていた。美女を二人も侍《はべ》らせた男に、通行人――主に男――の嫉妬《しっと》と怨嗟《えんさ》の視線が集中するが、和麻は堪《こた》えた様子もなく、平然《へいぜん》と胸を張《は》っている。

込み上げる何かを押し殺した口調で、綾乃は唸《うな》った。

「……いつか絶対《ぜったい》、あいつ燃やしてやる」

「その時は俺も呼んでください」

似《に》たような口調で申し出る太一郎。二人とも目がマジだった。底冷えのする殺気《さっき》に恐れをなして、周囲《しゅうい》から人の姿が消えていく。

そして、その一方で。

「何ていうか——綾乃ちゃんが二人？」

「困ったもんだね」

二人を遠くから見守りながら、由香里と七瀬は苦笑《くしょう》を交《か》わし合ったものだった。

女の戦い

「かっずっまさーんっ！」

突然《とつぜん》、脳天気《のうてんき》なほどに陽気《ようき》な声で呼《よ》びかけられ、八神和麻《やがみかずま》は背後《はいご》を振《ふ》り返った。

そこにいたのは、千切《ちぎ》れんばかりの勢《いきお》いで手を振《ふ》っている一人の少女。和麻が振り返ると、屈託《くったく》のない笑みを浮かべて小走りに駆《か》け寄ってくる。

「こんばんはっ」

「——ああ、お前か」

見知った顔だった。名は篠宮由香里《しのみやゆかり》、神凪綾乃《かんなぎあやの》の最も親《した》しい友人の一人である。綿菓子《わたがし》のようにふんわりおっとりした外見に反して、その性《さが》は狡猾《こうかつ》にして剛胆《ごうたん》。ただの女子高生と見くびることは決してできないが、付き合っているとなかなか面白《おもしろ》いタイプだ。

などと考えていると、由香里は含《ふく》むところなんか全くありませんって感じの無邪気《むじゃき》な顔で、朗《ほが》らかに切り出してくる。

「時に和麻さん、只今《ただいま》の時刻《じこく》は六時ちょっとすぎです」

「――それで?」

「こんな時間に会ったのも何かの縁《えん》かと思いますので、晩《ばん》ごはん奢《おご》ってください」

「…………」

図々《ずうずう》しい申し出に呆《あき》れたように、和麻は無言《むごん》で由香里を見下ろした。それでも由香里は悪びれた様子もなく、にっこりと笑顔を返してくる。おまけに、

「あ、今日は何となくイタリアンな気分です」

更《さら》なる要求《ようきゅう》まで突きつけてきた。

苦笑を嚙《か》み殺し、和麻は頷《うなず》く。

「…………まあ、いいがな。別に」

「わーいっ、ありがとーございまーすっ!」

そして数十分後。由香里の要望《ようぼう》通りのイタリアンレストランで、二人は仲良く食事を楽しんでいた。

「あははー、やっぱり和麻さんって面白い人ですねー。綾乃ちゃんの彼氏が和麻さんみたいな人でよかったです」

「それは光栄《こうえい》。いつから俺が綾乃の彼氏とやらになったのかは知らんが」

「あら、そんなこと言ったら綾乃ちゃんまた拗《す》ねちゃいますよー?」

「気にするな。あいつはいつも拗ねてるか怒《おこ》ってる」

「あははははー、それもそうですねー」

「はっはっはっ、そうだとも」

会話は弾《はず》んでいる——のだろう、たぶん。

なごやかに談笑《だんしょう》している割《わり》には、やけに空気が張《は》りつめているのだが。周囲《しゅうい》の客が薄ら寒い雰囲気《ふんいき》に恐《おそ》れをなして、次々と席を立ち始めているのだが。

しかし、二人はそのことについては全く触《ふ》れない。話に夢中《むちゅう》で気づいていないのか、それとも——確認《かくにん》するまでもないことだと思っているのか。

「ところで和麻さん」

パスタをフォークに巻きつけながら、由香里はふと思いついたように問いかける。

「なにかな？」

「綾乃ちゃんのこと、どう思ってます？」

ストレートに核心《かくしん》を突いた質問に、和麻は微《かす》かに眉《まゆ》を寄せた。慎重《しんちょう》に問い返す。

「どう、とは？」

「いや、好きとか愛してるとか、そういう具《ぐ》体的《たいてき》な回答はひとまず置いといてですね。和麻さんから見た綾乃ちゃんのイメージとか、そういうのを聞きたいな、と」

「……何故『具体的な回答』とやらが二択《にたく》にすらなってないのかは、こっちもひとまず置いておくが――綾乃のイメージ、ねえ」

しばし黙考《もっこう》し、和麻は短い言葉を紡《つむ》ぎ出した。途端《とたん》、由香里の笑顔がぴしりと固まる。

「――はい？」

それは今日、由香里が和麻の前で初めて見せた素《す》の表情だった。

一ポイント先取《せんしゅ》――その時、和麻がそんなことを思ったかどうかは定かではないが。

「綾乃ちゃんっ、和麻さんとはどこまでいってるのっ？」

「………………」

昼休みのことだった。いつものように、由香里と七瀬《ななせ》の三人で食事をしていた綾乃は、由香里の突拍子《とっぴょうし》もない問いかけに意識《いしき》と身体《からだ》を硬直《こうちょく》させる。

「綾乃ちゃん？」

「……取《と》り敢《あ》えず、京都まで行ったことはあるわよ」

再び問いかけられ、苦し紛《まぎ》れの答えを返す綾乃。だが無論《むろん》、その回答は、由香里の意図《いと》とは著《いちじる》しく方向性が異《こと》なっていた。

どこか痛ましげですらある面持《おもも》ちで、由香里は呟《つぶや》く。

「綾乃ちゃん……外してるよ？」

「誰も冗談《じょうだん》なんか言ってないわよっ！」

綾乃は顔を赤くして喚《わめ》いた。が、今さら言うまでもないことだが、由香里はその程度《ていど》の力押しで誤魔化《ごまか》されてくれる相手ではない。

仕方《しかた》ないなあ、とでも言う風にかぶりを振り、由香里は綾乃をまっすぐに見つめた。

「具体的に言わないと分からない？　つまりねえ——」

「言わんでいい！　てゆーか黙《だま》れ！」

綾乃は何やら口走りかけた由香里に跳《と》びかかり、続く言葉を力ずくで断《た》ち切った。

篠宮由香里という少女は、ふんわりおっとりした外見にそぐわず、時折《ときおり》ものすごくストレートな物言《ものい》いをすることがあるのだ。放っておけば行為《こうい》の名称《めいしょう》はおろか、その内容説明まで、テレビでは放送できないような単語を濫用《らんよう》して詳細《しょうさい》に語りかねない。

「まったくこの子は——七瀬！　あんたも他人事《ひとごと》みたいな顔してないで止めなさいよ！」

「別に気にするほどのことでもないでしょ」

我関《われかん》せずとばかりに食事に専念《せんねん》していた七瀬は、怒鳴《どな》りつけられても顔色ひとつ変えず、淡々《たんたん》と答えた。

「誰が聞いてるわけでもないんだし、ちょっと放送禁止《きんし》用語《ようご》を連発《れんぱつ》するくらいで目くじら立てなくても」

「慎《つつし》みとかないのかあんたらはっ！」

「それは、綾乃ちゃんが潔癖《けっぺき》すぎるだけ」

「そうだね、うん」

「あああああ」

綾乃は頭を抱《かか》えて唸《うな》った。が、由香里は気にもかけず、再度《さいど》質問を繰《く》り返してくる。

「――で？」

「『で？』って？」

「どこまでいってるの？　具体的な言い方が駄目《だめ》なら婉曲《えんきょく》に聞くけど、アレとかアレとかアレとか」

台詞《せりふ》は確かに婉曲になったが、口調がそれを完全に裏切っていた。綾乃は思わずまじまじと由香里を見つめ、どうしてこの可愛《かわい》らしい顔からこれほどに卑猥《ひわい》な声が出せるのかと、しばし真剣に思い悩《なや》む。

そんな綾乃をよそに、由香里は少し真面目《まじめ》な表情になって語り始めた。

「あのね、あたし昨日、和麻さんに会ったの。それで晩《ばん》ごはん奢《おご》ってもらったんだけど」

「――へえ」

相槌《あいづち》を打つ声は、恐ろしく冷ややかなものだった。ちょっと身の危険を感じて冷たい汗《あせ》をかきながらも、由香里は続ける。

「怒らないで、もうちょっと聞いて？　それでその時ね、和麻さんに質問したの。綾乃ちゃんのことをどう思ってるのか、って。どう答えたと思う？」

「……知らないわよ。どうせがさつとか粗暴《そぼう》とか、好き放題に貶《けな》してくれたんでしょ？」

「ううん。口調からすると褒《ほ》めてる感じだった」

ふるふると首を振《ふ》り、由香里。だが、その割にはやたらと沈痛《ちんつう》な表情だった。怪訝《けげん》に思い、綾乃は慎重《しんちょう》に問いを重ねる。

「――なんて？」

「和麻さんはひと言だけ、こう言ったわ。『漢前《オトコマエ》な女』だって」

「――――」

重い、重い沈黙《ちんもく》が世界を満たした。

「それはまた、言い得て妙《みょう》というやつだね」

「……あの野郎《やろう》」

綾乃は押し殺した声で唸る。が、由香里は怒れる綾乃にずずいと詰《つ》め寄り、珍《めずら》しく真剣な顔で語りかけた。

「怒ってる場合じゃないでしょ？」

「え？」

「いい？　和麻さんは綾乃ちゃんを褒めたのよ？　褒め言葉として『漢前』って言ったのよ？　男らしくてカッコいいところが綾乃ちゃんのいいところだって、和麻さんはそう言ったのよ？　分かってる？」

「う……」

言われてみれば、これはかなりイタい。がさつだとか粗暴だとかで貶されるより、女として遥《はる》かに致命的《ちめいてき》な気さえするほどに。

「綾乃ちゃんが和麻さんをどう思ってるかは、この際《さい》おいといてもいいわよ。でも、和麻さんのことを何とも思ってないからって、こんなこと言われて黙《だま》ってられるの？　こんな評価《ひょうか》を女として許容《きょよう》できるの？」

何だか、和麻より由香里の方が酷《ひど》いことを言っているような気もするが、反論《はんろん》できる雰《ふん》囲気《いき》ではなかった。有無《うむ》を言わせぬ迫力に気圧《けお》されながら、綾乃はおずおずと問いかける。

「じゃあ、どうしろと？」

「もちろん、綾乃ちゃんの真の魅力《みりょく》を、和麻さんに思い知らせてやるのよ！」

得たりとばかりに、由香里は握《にぎ》り拳《こぶし》を突き上げて宣言《せんげん》した。

「あたしも協力するわ！　綾乃ちゃんの秘《ひ》めたる愛らしさを開花させて、和麻さんをノックアウトしちゃうんだから！」

「……打撃力《だげきりょく》でノックアウトするより難《むずか》しそうだな」

傍《かたわ》らで、七瀬がぼそりと呟《つぶや》いた。だが、由香里はそれを雑音《ざつおん》としてフィルタリングしたらしく、何事《なにごと》もなかったかのように綾乃に尋《たず》ねる。

「綾乃ちゃん、次に和麻さんと会う予定は？」

「えっと――明日から三日連続で仕事が入ってるけど」

「よおっしナイスタイミングっ！　放課後、服買いに行くわよっ。三日間で、和麻さんの綾乃ちゃんに対するイメージを百八十度逆転《ぎゃくてん》させてやるんだから！」

「…………」

際限《さいげん》なくテンションを高めていく由香里に危惧《きぐ》を覚え、綾乃は救いを求めるように七瀬を見やる。が――

（――おい）

七瀬は綾乃に向かって合掌《がっしょう》し、『冥福《めいふく》を祈《いの》る』とでも言うように拝《おが》んでいた。

（なーなーせっ）

（ま、一応ついてはいくけどね。あまり期待《きたい》はしないように。ああなった由香里を止める

自信は全くないから)

綾乃に着せる服を楽しそうに夢想《むそう》する由香里を尻目《しりめ》に、二人は小声で囁《ささや》き合うのだった。

「ごきげんよう」

「…………」

優雅《ゆうが》に挨拶《あいさつ》をしてくる綾乃に、和麻は訝《いぶか》しげな、というか奇妙《きみよう》な生き物を見るような、というか——ともかく常《つね》ならぬものに対する視線を向けた。

綾乃は微《かす》かに頰《ほお》を染めながら、そんな和麻を睨《にら》みつける。

「なによ?」

「いや……別にどうでもいいんだが、その格好《かっこう》は何の冗談《じようだん》だ?」

「…………」

あまりと言えばあまりな台詞《せりふ》に、綾乃のこめかみに、一瞬《いっしゅん》、青筋《あおすじ》が浮《う》く。だがまあ、それも無理《むり》はないと言うことも——極《きわ》めて寛大《かんだい》な心の持ち主ならば——できたかもしれない。

何故《なぜ》ならば——

今日の綾乃は、いつもの呪的防御《じゅてきぼうぎょ》を施《ほどこ》された制服《せいふく》ではなく、白いセーラーカラーのワンピースを着ていた。『白いセーラーカラーの』ワンピースではない。念のため。

目に染《し》み入るような純白の、清楚《せいそ》にして可憐《かれん》なワンピースである。着用者である綾乃の立ち居振る舞《いふるま》いも当者比三・二倍に淑《しと》やかで、一体どこの御令嬢《ごれいじよう》か、と思わせるような佇《たたず》まいであった。

――いやまー、確かに名家の御令嬢ではあるのだが。

ともかく、問題は似合《にあ》う似合わない以前のところにあった。いったい誰《だれ》が今の綾乃を見て、これから悪霊《あくりよう》を祓《はら》いにいく術者《じゆつしや》だと思うだろうか。

（……やっぱり失敗だったかなあ……）

内心を隠《かく》し、楚々《そそ》たる仕草《しぐさ》で歩を進めながら、綾乃は昨日の会話を思い出していた。

『いいことっ？　スカートのプリーツは乱さないように、白いセーラーカラーは翻《ひるがえ》らせないように、ゆっくりと歩くのがオトメのタシナミなのよ？』

『いや死ぬって。戦闘中《せんとうちゆう》にそんな呑気《のんき》な歩き方してたら』

『それでもやるのっ。悪霊をやっつけるのが霊能者としての戦いなら、いい男をオトすのが女としての戦いなんだからっ！　命くらい懸《か》けないでどうするのよ!?』

豪快《ごうかい》に乱暴《らんぼう》なことを言ってくれる。綾乃は七瀬に助勢《じよせい》を求めるが、彼女は力なくかぶりを振《ふ》り、遠くから生暖《なまあたた》かく見守るだけだった。

その眼差《まなざ》しが言っていた。万言《まんげん》を費《つい》やすよりも雄弁《ゆうべん》に――『諦《あきら》めろ』と。

『さー綾乃ちゃん次いくわよ次っ』

嬉々《きき》として、由香里は新しい衣装《いしょう》を押しつけてくる。綾乃は沈痛《ちんつう》なため息と共に、今日一日、着せ替《か》え人形にされることが不可避《ふかひ》の運命であるのだと受け入れた。

『――だからってネコミミなんかつけられるかぁっ！』

少なくとも、受け入れようと努力だけは、した。


――と、斯《か》くのごとき苦行《くぎょう》を乗り越《こ》えてまで、和麻を見返してやろうと磨《みが》き上げてきたというのに、当の和麻の反応《はんのう》はあまりにも冷たかった。

それでも何とか挽回《ばんかい》の目を狙《ねら》い、綾乃はおずおずと問いかける。

「えと……ヘン、かな？」

上目《うわめ》づかいで、声音《こわね》は少し不安げに。縋《すが》るような感情を込めて。

そして、一拍置《いっぱくお》いて、スカートの裾《すそ》を指先で摘《つま》み、もう一度。

「似合わない？」

いつもの綾乃とは別人のように『可愛《かわい》らしい女の子』な反応だった。言うまでもないが、これも由香里の仕込《しこ》みである。確かになかなかの破壊力《はかいりょく》ではあった。

だがしかし、やはり付《つ》け焼《や》き刃《ば》で和麻を騙《だま》くらかすのは無理《むり》があったらしく、

「問題がそこだと思ってるのか？」

返ってきたのは、それはそれは冷ややかな視線《しせん》と、そんな言葉だけだった。

（この唐変木《とうへんぼく》！　ちょっとくらい褒《ほ》めてくれたっていいじゃない！）

綾乃はふくれっ面《つら》で和麻を睨《にら》むが、和麻は見向きもせずに一人でさっさと歩き出す。

「ほら、行くぞ。——言っとくが、スカートが脚《あし》に絡《から》まってコケても助けてなんかやらねーからな」

「誰がそんな無様《ぶざま》な真似《まね》するかっ！」

力の限りに、綾乃は喚《わめ》いた。

本日の仕事は、とあるビルに棲《す》みついたという悪霊《あくりょう》の除霊《じょれい》である。なんでも、最初に憑《つ》いた霊がまた別の霊を呼び寄せ、と連鎖的《れんさてき》に数を増《ふ》やしていき、今では悪霊の溜《た》まり場のようになっているらしい。

除霊自体はたやすいが、このビルはまだ現役《げんえき》で使われているため、極力《きょくりょく》壊《こわ》すな、という注文が付け加えられている。本来《ほんらい》なら、綾乃には向かない仕事だが——

（やってやろうじゃないのよ。とびっきりエレガントに、ね）

ビルの内部は、霊の気配《けはい》で満ち溢《あふ》れていた。綾乃は無言《むごん》で炎雷覇《えんらいはは》を抜き放《はな》ち、きっ、と

和麻を睨みつける。

見せつけてやらなければならなかった。自分が和麻の思っているような、がさつで礼儀《れいぎ》のなってない小娘《こむすめ》ではないことを。

文句《もんく》のつけようがないくらい、完璧《かんぺき》に仕事をこなしてみせる。どこまでも優雅《ゆうが》に、上品に。それでいて隙《すき》なく強く——

(スカートのプリーツは乱さないように、白いセーラーカラーは翻《ひるがえ》らせないように——だっけ?)

周囲《しゅうい》を囲む悪霊の群れを一瞥《いちべつ》し、綾乃は声には出さずに呟《つぶや》いた。そして、すい、と一歩を踏《ふ》み出す。

途端《とたん》に襲《おそ》いくる無数《むすう》の悪霊。対して綾乃は、小刻《こきざ》みにステップを踏《ふ》みつつ炎雷覇を振《ふ》るう。

歩幅《ほはば》は小さく、すり足で。周囲の状況《じょうきょう》を完全に把握《はあく》した上で体《たい》を捌《さば》けば、足を急がせる必要もなく、必然《ひつぜん》、スカートのプリーツが乱れるどころか、裾《すそ》の広がりさえ最低限に抑《おさ》えられる。

まるで約束組手《くみて》の演武《えんぶ》のように淀《よど》みなく、綾乃は霊の群れを淡々《たんたん》と刈《か》り取っていった。

「――ほう？」

声に微《かす》かな驚愕《きょうがく》を宿し、和麻は感心したように呟いた。

いつもの激《はげ》しい動きとは対照的《たいしょうてき》な、緩《ゆる》やかに舞《ま》うような歩法《ほほう》。それが凄《すさ》まじい高等技術であることを、彼は瞬時《しゅんじ》に見抜いていたのだ。

人間が二本の足で立っている以上、歩けば重心は左右に揺《ゆ》れる。軸《じく》がぶれる。そして、その瞬間は攻撃《こうげき》も防御《ぼうぎょ》もままならない、致命的《ちめいてき》な『隙《すき》』となるのだ。

しかし、綾乃の動きにはそれがなかった。移動《いどう》する時も剣を振《ふ》るう時も、頭部が全く揺れていない。それは即《すなわ》ち、重心が、常《つね》に微塵《みじん》の狂《くる》いもなく正確に身体《からだ》の正中線《せいちゅうせん》を貫《つらぬ》いているということである。

能楽《のうがく》などの伝統芸能《でんとうげいのう》で用《もち》いられる完成された歩法。だが、ただ歩くだけでも至難《しなん》であるそれを、実戦《じっせん》で――たとえ相手が雑魚《ざこ》であろうとも――使える者がどれだけいることか。

興味深《きょうみ》く見守るうちに、綾乃は危《あぶ》なげなく全ての悪霊を祓《はら》い終えていた。傷ひとつ――それどころか、白いワンピースに一点の染《し》みもつけることなく。

どこか陶然《とうぜん》とした様子《ようす》で天井《てんじょう》を見上げる綾乃に、和麻は静かに歩み寄っていった。

「――ふう」

全ての悪霊を斬《き》り伏《ふ》せ、綾乃は天を仰《あお》いで嘆息《たんそく》した。

我《われ》ながら、今日はうまくいったと思う。相手が雑魚だったとはいえ、自分自身は無論《むろん》、周囲にも被害《ひがい》はゼロ。ほとんど炎を発することもなく、ただ一刀《いっとう》のみをもって悪霊の群れを祓い尽くしたのだ。完璧《かんぺき》と言っても過言《かごん》ではない、実にスマートな仕事ぶりである。

これならば和麻も文句は言えまいと、綾乃は『どうだ』とばかりに振り返った。

「どう——」

「ん、よくできました」

だが、自慢《じまん》するよりも早く、いつの間にか背後《はいご》に立っていた和麻が賞賛《しょうさん》の言葉を贈《おく》ってくる。同時に頭頂部《とうちょうぶ》に載せられた掌《てのひら》の感触《かんしょく》を、綾乃は信じがたいもののように感じていた。

「——え？」

「今日のは文句のない出来だった。偉《えら》いぞ」

ぽんぽんと綾乃の頭を撫《な》でるように軽く叩《たた》きながら、和麻は手放《てばな》しで綾乃を褒《ほ》め称《たた》える。

「ほ、本当？」

「ああ。場違いな格好だと思ってたが、お上品《じょうひん》に振《ふ》る舞《ま》おうとしたのがいい方向への刺激《しげき》になったみたいだな。次は着物でも着てやってみるか？」

「ばーか。なに言ってるのよ」

冗談まじりの和麻の言葉に、綾乃は笑いながら突っ込みを入れた。そのまま二人は楽しげに会話を弾《はず》ませ、その場を後にする。

そして、綾乃はいつものように和麻に食事を奢《おご》らせ、上機嫌《じょうきげん》で帰途《きと》についたのだ、が。

「あ」

褒められることは褒められたものの、その方向性が当初の目的とはまるで違っていたことに気づいたのは、深夜、床《とこ》についた時のことだった。

で、翌日《よくじつ》。

本日は、横浜は中華街《ちゅうかがい》でのお仕事である。

——だがしかし、だからといって。

「………………」

「な、なによ?」

昨日にも増して訝《いぶか》しげな和麻の視線《しせん》。対して、それに応じる綾乃の言葉は、昨日に比《ひ》して些《いささ》かトーンが弱かった。

更《さら》に長い沈黙《ちんもく》の果て、和麻はどことなく疲れた口調で問いかける。

「さすがにどうでもよくはなくなってきたんだが……その格好は何の冗談だ?」

「——おかしい？」

「おかしいとも」

一瞬《いっしゅん》も迷わず、和麻は断《だん》じた。

確かにここは中華街である。異国情緒《いこくじょうちょ》あふれる、一種《いっしゅ》別世界とも言える街並みである。

だがしかし。だからといって。

「なんで往来《おうらい》でチャイナドレス着て歩いてるんだお前は？」

いくらなんでも、これは行き過《す》ぎなのではないだろうか。

そう——和麻の言う通り、綾乃が身に纏《まと》っている衣装《いしょう》は、問答無用《もんどうむよう》でチャイナドレスだった。

鮮《あざ》やかな深紅《しんく》の生地《きじ》に金糸の刺繍《ししゅう》。裾《すそ》は長いがサイドに入ったスリットもまた深く、足を運ぶ度《たび》、艶《あで》やかさこそ乏《とぼ》しいが、瑞々《みずみず》しい太腿《ふともも》が付け根まで露出《ろしゅつ》してしまっている。徹《てっ》底《てい》していると言うべきか、手には羽根飾《はねかざ》りのついた扇子《せんす》まで持っていた。

一応フォローしておくと、決して似合っていないわけではない。むしろ、彼女のために誂《あつら》えられた衣装《いしょう》と言われても違和感《いわかん》がないくらい、よく似合っている。

だがしかし、だからこそ、その姿は絶望的《ぜつぼうてき》なまでに浮《う》いていた。いったい誰が今の綾乃を見て、これから悪霊を祓いにいく術者だと——まあ、思う者はそれなりにいるのかもしれないが。

「あ、ええと――」

猜疑《さいぎ》の眼差《まなざ》しからさりげなく目を逸《そ》らし、綾乃は用意していた言い訳《わけ》の言葉を口にする。

「こ、これはね、神凪《うちな》家の出入りの業者が持ってきた試供品《しきょうひん》なの。新式の呪的防御《じゅてきぼうぎょ》が施《ほどこ》されてるとかで――そう、いわゆるチャイナドレス＋1とかいう類《たぐい》のやつなのよ、これは」

「――へえ？」

和麻は感心したように呟くと、これまでとは別種《べっしゅ》の視線《しせん》でチャイナドレスを凝視《ぎょうし》した。

途端《とたん》、綾乃は身を屈《かが》め、腕と拡《ひろ》げた扇子とでその視線を遮《さえぎ》ろうとする。

「こ、こらっ、解析《かいせき》するな！　新式のだって言ってるでしょっ、まだ内緒《ないしょ》なの！」

「――へえ」

綾乃の言葉で納得《なっとく》したのか、和麻は視線を正面に戻し、何事《なにごと》もなかったかのように歩き出した。綾乃はその後に続きながら、小さく安堵《あんど》の吐息《といき》を漏《も》らす。

今さらだが念のために説明しておくと、綾乃の台詞は全て口からでまかせである。このチャイナドレスは、呪的にも物理的《ぶつりてき》にも防御力など皆無《かいむ》に近い、ただのチャイナドレスにすぎない。

中華街だからチャイナドレス、という短絡的《たんらくてき》な選択《せんたく》は――やはり言うまでもなく――由

香里によるものである。和麻の追及《ついきゅう》が再開されないことを祈《いの》りながら、綾乃は一昨日《おととい》の会話を思い出していた。

『いい？　チャイナドレスのコンセプトはさっきのワンピースとは正反対——とことんアクティブにアグレッシブに、よ。飛んだり跳《は》ねたりバク転したり、とにかく軽快《けいかい》なアクションで魅《み》せることが肝要《かんよう》なの』

『……いや、やんないって、そんなの』

『や・る・のっ！　なんのためにこぉんな深いスリットが入ってると思ってるのよ？　チャイナドレスっていうのはね、ここからにょっきり脚《あし》を見せるためにあるようなものなんだからっ！　それを活用しないでどうするのよっ⁉』

凄《すさ》まじい偏見《へんけん》を堂々《どうどう》と言い放ち、由香里はにっこりと微笑《ほほえ》んだ。

『あ、でも、モロ見せするのは太腿までよ？　下着はちゃんと隠《かく》して、見せるとしても「見えたかな？　見えなかったかな？」ってくらいのギリギリのところで抑《おさ》えておくの。そういうチラリズムに男は弱いんだから』

『…………』

どこの中年オヤジだお前は、って感じの台詞をまくし立てる由香里を、綾乃は戦慄《せんりつ》を込めて凝視《ぎょうし》する。そして、救いを求めて七瀬を見やる、が――

『あ、これいいな』

七瀬は思い切り他人《たにん》のフリで、自分の服を選んでいた。

『ななせ〜』

『試着《しちゃく》してこよっと』

哀《あわ》れっぽい声を黙殺《もくさつ》し、七瀬は試着室に消えていく。綾乃はその後を追おうとするが、がしっと背後から肩を摑《つか》まれた。

楽しそうに、心から楽しそうに、由香里は言う。

『これスリットが深すぎるから、下着もそういうのを選ばないとね。あ、もちろん見せちゃダメなんだけど、見られることも前提《ぜんてい》にチョイスするのよ？』

誰かこいつを止めてくれ――かつてないほど切実《せつじつ》に、綾乃はありとあらゆるものに祈《いの》りを捧《ささ》げた。だが無論《むろん》、そんなくだらないことのために神様が舞《ま》い降りてきてくれるはずもなく、ただ一人の援軍《えんぐん》は、既《すで》に試着室に姿を消している。

もはや抗《あらが》いようもなく、綾乃は今にも踊《おど》りださんばかりに盛《も》り上がっている由香里に引きずられ、代わる代わる冗談としか思えない――というか頼《たの》むから冗談だと言って欲しい――衣装を身に纏《まと》っていくのだった。

我《われ》に返ると、綾乃は吐《は》き捨《す》てるように言う。

「もう、とっとと片づけるわよ！　これ以上こんな恥《は》ずかしい格好《かっこう》したくないし！」

「だったら初めから着てくるなよ」

当然とも言える突《つ》っ込《こ》みを無視して、綾乃は憤然《ふんぜん》と、現場に向かって歩き出した。

ちなみに戦闘《せんとう》内容に関しては、特に変わったこともなかったので割愛《かつあい》する。

バク転はしなかった。念《ねん》のため。


『さて、三日目は、最終日だからこそ初心《しょしん》に返り、正攻法《せいこうほう》で綾乃ちゃんの魅力《みりょく》を引き出してみたいと思いますっ！』

敢《あ》えてコメントは控《ひか》えたが、綾乃は内心、密《ひそ》かに安堵《あんど》していた。正攻法というならば、さして奇《き》抜《ばつ》な格好はさせられずに済むだろう、と思ったのだ。が——

『コンセプトはずばり——魔法少女っ！』

『待てぃっ！』

綾乃は速攻《そっこう》で突っ込んだ。

『どこが正攻法なのよそれのっ⁉』

当然の疑問に、しかし由香里はさも不思議《ふしぎ》そうに問い返す。

『えー？　だって綾乃ちゃんって魔法少女でしょお？』

『違うっ！　言葉の意味は合ってるかもしれないけど、ニュアンスが致命的《ちめいてき》に違うっ！』

『そんな専門的《せんもんてき》なこと言われてもー』

綾乃は決死《けっし》の形相《ぎょうそう》で主張《しゅちょう》するが、やはり由香里は最初から聞く耳を持ってはいなかった。

『とにかく、今さら変更《へんこう》はなしってことで。それじゃーちょっとこれ合わせてみて？』

どこまでもマイペースに、どこからともなく取り出した衣装《いしょう》を綾乃に示《しめ》す。

それを目にした瞬間、綾乃の意識《いしき》は完全にフリーズした。ひょっとしたら、口から魂《たましい》が飛び出たりもしていたかもしれない。

『可愛いでしょ？』

十数秒か、数十秒か、あるいはもっとか――ともかく決して短くはない間停止していた意識を、由香里の声が引き戻《もど》した。

綾乃は虚《うつ》ろな笑みを浮かべ、切実《せつじつ》な願いを込めて由香里に言う。

『あ、えっと、冗談はいいから、あたしが着る服を見せて欲しいんだけど』

『だから、これ』

にっこり笑って、由香里は再び手にした物《ブツ》を綾乃の前に突き出した。綾乃のこめかみを、たらりと冷たい汗《あせ》が流れ落ちる。

『な、七瀬……』

あまり頼《たよ》りになりそうもないが、それでも唯一《ゆいいつ》の味方に助けを求める。

『あ、可愛いね。似合うんじゃない？』

『あっさり寝返《ねがえ》るなーっ！』

やっぱり、てんで役に立たなかった。

じりじりと躙《にじ》り寄る由香里から後ずさり、綾乃は叫ぶ。

『あ、あたしは着ないわよ、こんなの！　着られるわけないでしょう！』

『なんでー？　可愛いのに』

『可愛くなくていいっ！』

人としての誇《ほこ》りに懸《か》けて、必死の抵抗を見せる綾乃。しかし由香里は容赦《ようしゃ》なく綾乃を追い詰《つ》め、耳元で囁《ささや》いた。

『——着てくれないと、和麻さんに綾乃ちゃんの秘密《ひみつ》バラしちゃうから』

綾乃は微《かす》かに顔を引きつらせる。

『あ、あたしはバラされて困るような秘密なんて持ってないわよ』

『本当？』

ニヤリ——そんな擬音《ぎおん》がぴったりの笑顔を浮かべ、由香里は問い返した。

『言っちゃっていいの？　あれとかこれとか、更《さら》にはあぁんなこととかも！』

『う、うう……』

由香里が何のことを言っているのか、正直、綾乃には分からない。しかし、相手は他ならぬ由香里なのだ。あることないこと手当たり次第《しだい》、背鰭《せびれ》や尾鰭《おひれ》をつけまくって脚色《きゃくしょく》した『真実』を和麻の耳に吹き込みかねない。

『ね、綾乃ちゃん。友達なら、あたしがせっかく選んだ衣装《いしょう》、着てくれないはずがないわよねえ？』

『うう、うううう……』

その時、綾乃の目には、由香里の背後《はいご》に蠢《うごめ》くドス黒いオーラがはっきりと映《うつ》っていた。

で、三日目の綾乃の服装《ふくそう》は——

パステルトーンの、ひらひらでふりふりなミニドレス。脚《あし》はショートブーツにニーソックスで飾《かざ》り立て、手には二の腕《うで》までを覆《おお》うロンググローブ。頭には、やたらとでかい髪飾《かみかざ》りを左右対称《たいしょう》に装着《そうちゃく》していた。

完璧《かんぺき》を期《き》すならば、これに加えて魔法のステッキとマスコットの謎《なぞ》の生命体が欲しいところだが、これだけでも十分と言えば十分だろう。少なくとも一撃必殺《いちげきひっさつ》の破壊力《はかいりょく》は確実《かくじつ》に保持《ほじ》している。

いったい誰が今の綾乃を見て、これから悪霊を祓いにいく術者だと——まあ、ある意味ではまことに状況に適《てき》した衣装だと言えるのかもしれないのだ、が。

何かもう、既《すで》に最初の目的から百万光年はかけ離れたところに来てしまっていた。

時刻《じこく》が深夜であること、現場が人気《ひとけ》のないところであることが、綾乃には数少ない救いだった。しかし、それでも誰にも見られないというわけにはいかなかったし、当然、和麻の目を逃《のが》れることもできない。

「………………………………」

「……なに？」

もはや訝《いぶか》しげを通り越《こ》し、可哀想《かわいそう》な人に対するそれに等《ひと》しい視線を向けてくる和麻に、綾乃は投げ遣《や》りな声で問いかけた。

更《さら》に重くて痛い沈黙《ちんもく》の後、和麻は不自然なほどに自然な口調で告げる。

「さ、行こうか」

どうやら魔法少女なコスチュームに関しては、見ないふりをすることに決めたらしい。綾乃にとってもありがたいことではあった。

――それでもやっぱり、心は痛かったが。

今夜の相手は黒妖犬《ブラックドッグ》――主にイギリスあたりに出没《しゅつぼつ》する、仔牛《こうし》並の体軀《たいく》と熾火《おきび》のように紅《あか》く光る目を持つ漆黒《しっこく》の魔犬である。

この三日間のうちでは、文句なく最大の敵であると言えよう。まあ、それでも、綾乃クラスの術者にとっては手こずるほどのものでもないのだが。

出現時刻《じこく》は、毎回決まって午前零時《れいじ》。出現地点も既《すで》に法則性が見出《みいだ》されているため、探す手間《てま》は省《はぶ》ける。その気になれば、具象化《ぐしょうか》する瞬間《しゅんかん》を狙《ねら》って先手《せんて》を取ることも可能だ。

――今回は別の理由から、それは不可能になっているのだが。

「出るぞ」

時計を見やり、和麻はぼそりと呟《つぶや》いた。直後、前方の空間に陽炎《かげろう》が生じ、その歪《ゆが》みは次《し》第《だい》に、漆黒の魔犬として具象化していく。

綾乃はそれと正面から向き合い、両腕《うで》を軽く広げた。そして、掌《てのひら》から炎を発し、ゆっくりとその場で回転を始める。

「フェンテル・ミンフェン・カンファミン！　集《つど》え炎の精霊《せいれい》たちよ――」

意味の分からない呪文《じゅもん》（誰の作かは言うまでもない）を唱《とな》え、回りながら腕を広げていくと、生《しょう》じた炎は帯《おび》となり、螺旋《らせん》を描《えが》いて綾乃の周囲を繭《まゆ》のように包《つつ》み込む。開いた腕の角度《かくど》が水平を越《こ》え、垂直《すいちょく》になり——高く掲《かか》げた両腕が、祈《いの》るように組み合わされた。

「出《い》でよ、炎雷覇《えんらいは》ッ♡」

勇ましさと愛らしさとを併《あわ》せ持つかけ声と同時、綾乃の周囲を巡《めぐ》る炎が掲げた両手の先に集い始める。回転速度《かいてんそくど》を高め、縒《よ》り合わされた炎は棒《ぼう》状に凝縮《ぎょうしゅく》され、一瞬、眩《まばゆ》い光を放ったかと思うと、金色の炎纏《まと》う緋色《ひいろ》の剣として結実《けつじつ》した。

「さあ、どこからでもかかってきなさい！」

炎雷覇を二、三度振《ふ》り回し、綾乃は勇ましく見得《みえ》を切る。——が、耐《た》えられるのはそこまでだった。

（あ、ああ……）

絶望的な表情を浮かべ、綾乃はその場にうずくまる。

取り返しのつかない『やっちゃった感』が全身を浸《ひた》し、気力を根こそぎ奪《うば》い取っていった。生命活動に支障《ししょう》を及《およ》ぼすレベルでの倦怠感《けんたいかん》に支配され、魂《たましい》が死を希求《ききゅう》する。

目前で敵が唸《うな》りを上げていることは分かっていたが、そんなことはどうでもよかった。むしろ早く楽にしてほしいとさえ思う。

「……あー」

打ちひしがれた様子《ようす》の綾乃を困ったように見やり、和麻は言った。

「何となく気持ちは分かるような気がするが、取り敢《あ》えず仕事は済ませとけ。そうすりゃ着替えることもできるんだし」

「――――！」

そのひと言は、あたかも天啓《てんけい》のごとく綾乃の脳裏《のうり》に轟《とどろ》き渡った。

ゆらり――どことなく不穏《ふおん》な気配を纏い、綾乃はゆっくりと立ち上がった。虚《うつ》ろな笑みが漆黒の魔犬に向けられる。

「そうね……あれを燃やしちゃえば、あたしはこんな格好してなくてもいいのよね……」

うつむいた綾乃の顔。表情を隠す前髪の隙間《すきま》から、紅く染まった凶眼《きょうがん》が覗《のぞ》く。理性などロクに持ち合わせていないはずの魔犬が、その異様《いよう》な迫力《はくりょく》に恐れをなして後ずさった。

唇《くちびる》の両端《はし》を吊《つ》り上げ、綾乃は嗤《わら》う。そして、

「死んじゃえ♡」

愉《たの》しげに呪詛《じゅそ》の言葉を紡《つむ》ぎ出し、炎雷覇を振り上げて疾走《しっそう》した。瞬《また》く間に黒妖犬《ブラックドッグ》の目前に至《いた》り、身体を弓のようにしならせる。逆手《さかて》に握った炎雷覇の刃が、ギラリと凶悪《きょうあく》な光を放った。

振り下ろす。

「ギャウッ！」

炎雷覇に胴《どう》を刺《さ》し貫《つらぬ》かれ、黒妖犬は悲痛《ひつう》な叫びを上げた。しかし、綾乃はその鳴《な》き声にも構わず——というかいっそう愉しげに、繰《く》り返し刃を突き立てていく。

鳴き声はすぐに絶《た》えた。それでも刃が肉を抉《えぐ》り穿《うが》つ音は止まらない。

もはやピクリとも動かなくなった魔獣《まじゅう》に、綾乃は嬉々《きき》として炎雷覇を突き刺し続けた。

数分後、綾乃はようやく我《われ》に返り、虐殺《ぎゃくさつ》の手を休めた。黒妖犬の死骸《しがい》は当然ながら原形《げんけい》を留《とど》めておらず、挽肉《ミンチ》を通り越《こ》したゲル状《じょう》の何かと化して足下にわだかまっている。

やってしまった——狂気《きょうき》じみた高揚《こうよう》が去り、冷めた頭で綾乃は思った。可愛らしさを強調するための衣装を着て、ホラー映画の主役を張《は》れるような殺戮《さつりく》シーンを演じてどうしようというのか。

(……もういいや。帰って寝《ね》よ)

綾乃は計画の失敗を受け入れ、投げ遣《や》りな仕草《しぐさ》で炎を放った。黒妖犬の死骸が跡形《あとかた》もなく焼き尽《つ》くされる。

「——またなんつーか、容赦《ようしゃ》なくやったな」

そんな綾乃に、和麻は苦笑まじりに語りかける。

「可愛らしい服装からは想像もつかない、仮借《かしゃく》なき飽和《ほうわ》攻撃《こうげき》。いやまったくお前らしい」

和麻にしてみれば、それは他愛《たあい》もない冗談のつもりの言葉だった。だが、今の綾乃の胸には、その言葉はクリティカルに突き刺さる。

拗《す》ねるように覇気《はき》のない口調で、綾乃はぼそりと吐《は》き捨てる。

「どーせあたしは可愛げのない『漢前な女《オトコマエ》』ですよ」

「あ？——ああ、そういうことか」

その瞬間《しゅんかん》、和麻はここ数日の、綾乃の奇抜《きばつ》なファッションの理由に気がついた。思わず失笑《しっしょう》を浮《う》かべると、綾乃は怒《いか》りと照《て》れが半々の表情でそっぽを向く。

「——ふむ」

数秒、どうしたものかと考え——和麻は頑《かたく》なに背を向けたままの綾乃を、背後から有無《うむ》を言わさず抱《だ》き竦《すく》めた。

「ひゃあっ⁉」

綾乃は奇声《きせい》を上げて暴《あば》れるが、和麻は苦もなくその抵抗《ていこう》を押さえつける。そして、真《ま》っ赤《か》に染まった耳に唇《くちびる》を寄せ、宥《なだ》めるように囁《ささや》きかけた。

「そう拗ねるなよ。俺は褒《ほ》めたつもりで言ったんだぜ？」

「……だから問題なんじゃない」

「んなこと言ってもな。お前が凜々《りり》しくて格好いいのは事実《じじつ》だし」

身も蓋《ふた》もない言い草に、綾乃の顔が暗く沈《しず》んだ。が、和麻は構わず、笑みを含《ふく》んだ声で続ける。

「それにな、『格好いい』と『可愛い』は両立しないわけじゃない」

「……え？」

綾乃は反射的《はんしやてき》に振り返り、和麻を見る。途端《とたん》、視界《しかい》を埋《う》め尽《つ》くすほどのどアップで和麻の顔が迫《せま》り、綾乃はばね仕掛《じか》けのように勢《いきお》いよく顔の向きを元に戻した。

ガチガチに身を強張《こわば》らせ、固く目をつぶった綾乃に、和麻は囁《ささや》く。

「お前は格好いいし、それ以上に可愛いよ。俺が保証《ほしよう》する」

待ち望んでいた言葉。けれど、言って貰《もら》えるとは思っていなかった言葉。

触《ふ》れ合う背中《せなか》から伝わる体温《たいおん》が、強張る身体と同時に、頑なな心までをも解《と》きほぐしていく。

心に響《ひび》く真摯《しんし》な思い。口先だけの偽《いつわ》りではないと、理屈《りくつ》ではなく、分かる。綾乃は陶然《とうぜん》とした心地《ここち》で目を閉ざし、抱き竦められるまま、和麻の胸に身を委《ゆだ》ねた。

——が。

夢見《ゆめみ》心地で微睡《まどろ》んでいた綾乃の意識を、パシャパシャと連続するシャッター音が、閉ざした瞼《まぶた》をも貫《つらぬ》いて網膜《もうまく》を射るフラッシュが、否応《いやおう》なく現実へと引き戻す。

怪訝《けげん》に思い目を開くと、和麻が肩越《ご》しに携帯《けいたい》電話を突き出し、Vサインなんかしながら自分とのツーショット写真を撮《と》っていた。

「な、なにしてるのっ⁉」

今の自分の姿を思い出し、動揺も露《あら》わに叫ぶ綾乃に、和麻はニヤニヤと悪戯小僧《いたずらこぞう》のような笑みを浮かべてみせる。

「いや、この愉快《ゆかい》なコスチュームは煉《れん》に見せないわけにはいかないだろ。ちょっと待て、今メール送るから」

「送るなっ！」

綾乃は咄嗟《とっさ》に全身から炎を放ち、和麻を振りほどいた。

「そのケータイよこせっ、跡形《あとかた》もなく燃やしてやるっ！」

「だから待てって。今、煉にメールを――」

「だからっ、送るなってっ、言ってるでしょうがあああああっっっ‼」

携帯電話を操作しながら逃げ回る和麻を狙《ねら》い、綾乃は炎雷覇を振りかぶる。

瞬間《しゅんかん》――特大の炎が、夜の闇《やみ》を圧《あっ》して輝《かがや》き渡った。

すべては愛のために【前編】

神凪重悟《かんなぎじゆうご》は、重々《おもおも》しい口調で娘《むすめ》に言った。

「今度の日曜、土御門《つちみかど》家と見合いをする。その旨《むね》、心得《こころえ》ておけ」

突然の宣告《せんこく》に、綾乃《あやの》の意識《いしき》は凍結《フリーズ》した。唇《くちびる》から、意味を成《な》さない呻《うめ》きが漏《も》れる。

「——はい？」

「うむ、よい返事だ。では準備《じゆんび》をしておくように」

「いや今のは返事じゃなくって！　てゆーか何よそれいきなりっ⁉」

「そ、そうですよ」

何故《なぜ》かその場に呼《よ》ばれていた煉《れん》も、狼狽《ろうばい》した様子で口を挟《はさ》む。

「だいたい、姉様には兄様が——」

「ちょっと待てっ、それも違うっ！」

綾乃は力ずくで煉の言葉をぶったぎった。満面を朱《しゆ》に染め、それが怒《いか》りのせいであるというかのように少年の胸ぐらをひっ摑《つか》む。

「あたしと、和麻《かずま》が、なんだって？」

「え？　いや、でも――」

「なんだって？」

「い、い、い」

「……なんでもないです」

迫力《はくりょく》に負け、煉は言葉を呑《の》み込んだ。代《か》わって、重悟が綾乃に問いかける。

「誰か、心に決めた相手でもいるのか？」

「――いえ、そういうわけではありませんけど」

泰然《たいぜん》とした重悟の視線《しせん》、不安げな煉の視線から目を逸《そ》らし、綾乃はそう答えた。

「ならば問題はあるまい？　何もいきなり結納《ゆいのう》を交《か》わせと言っているわけではないのだ」

取り敢《あ》えず、会うだけでも会ってみろ、と言う重悟に、綾乃は反論《はんろん》の言葉を持たなかった。だがしかし、だとしても簡単《かんたん》に納得《なっとく》できる話ではない。

「でも、なんでいきなりそんな――」

「それが、いきなりというわけでもなくてな」

重悟は苦笑《くしょう》まじりに答えた。

「実は、お前が生まれる前から、土御門の当主とはそういう話をしていたのだ。もしも娘が生まれたら、土御門《そちら》の次男坊《じなんぼう》と娶《めあわ》せよう、とな。私は冗談《じょうだん》のつもりだったのだが、向こうはそれなりに本気だったようでな、先日、約束の履行《りこう》を求めてきおった」

いやすっかり忘れとったわ、はっはっは——ばっ、と広げた扇子《せんす》で自分の顔を扇《あお》ぎながら、重悟は笑った。

綾乃は畳《たたみ》にへたり込みたくなるような脱力感《だつりょくかん》を堪《こら》え、こめかみを押さえる。

「笑い事じゃないでしょ、お父様……」

「たかが見合いだ、そう深刻《しんこく》に考えるな」

娘の憂慮《ゆうりょ》を、重悟は事もなげに一蹴《いっしゅう》した。

「そう言えば写真も届《とど》いていたな。後でお前の部屋に運ばせよう。見たところ、なかなか爽《さわ》やかそうな好青年だったぞ。術者としての実力もかなりのものと聞いている」

「……橘警視《たちばなけいし》よりも？」

警視庁内にある、国家が有する唯一《ゆいいつ》の対魔戦力《たいませんりょく》である特殊資料整理室《とくしゅしりょうせいりしつ》。その室長を務《つと》める橘霧香《きりか》が、綾乃の知る中では最も優《すぐ》れた陰陽師《おんみょうじ》である。

「さて、実際には分からんが、向こうは比《くら》べられることさえ侮辱《ぶじょく》と取るだろうな。何せ土御門は、日本の陰陽道の総本家《そうほんけ》とも言うべき存在だ」

「安倍晴明《あべのせいめい》の直系だもんね。——本当かどうかは知らないけどさ」

陰陽道の名家である橘家も、土御門から見れば分家も同然の格下《かくした》の家にすぎないのだ。

その傍流《ぼうりゅう》でしかない霧香など、おそらくは眼中《がんちゅう》にも入ってはいまい。

「そう言うな。事実がどうあれ、彼らが優秀な陰陽師であることに変わりはないのだからな」

「それはそうだけど……」

「そういうわけだから、あまり気負《きお》わず――そう、合コンとやらでもするつもりで会ってみろ。ああ、もちろん気に入ったら結婚を前提《ぜんてい》に交際《こうさい》しても構《かま》わんぞ。次男坊だから婿《むこ》に取っても問題はないのでな」

「…………」

何だか乗り気っぽい父を途方《とほう》に暮れた眼差《まなざ》しで見やり、綾乃は沈痛《ちんつう》なため息を漏《も》らした。

重悟の部屋を後にすると、綾乃と煉は困惑《こんわく》の面持《おもも》ちで目を見合わせた。

「――どうするんです？」

「どうって――そりゃあヤだけど。でも、断《ことわ》るのは難《むずか》しそうよね」

「ですよねぇ。それに、兄様が知ったら何て言うか」

「ふん――」

煉の問いに、綾乃はどこか拗《す》ねたようにそっぽを向いた。

「あいつなら『相手も気の毒《どく》にな』とでも言うに決まってるわ」

「…………」

とてもありそうな話だったので、煉は何も言わずに沈黙《ちんもく》した。

「どっちみち、あいつには何の関係もない話なんだから、わざわざ報告《ほうこく》する必要もないわよ」

（……そうでもないと思うけど……）

心の中で、煉は呟《つぶや》く。

この話の真の目的を、彼は何となく察《さつ》していた。重悟は以前から、綾乃と和麻をくっつけようと色々と暗躍《あんやく》している。これもその一環《いっかん》に違いない。

でなければ、綾乃の見合い話に煉を同席させる必要などはないのだから。

（つまり、僕がこの話を兄様に伝えなきゃいけないんだよね……）

できるならば関わりたくない。それはもう心から。けれど、それが叶《かな》わないことを、少年は既《すで》に悟《さと》ってしまっていた。

（はあ……）

これから巻き起こるであろう騒動《そうどう》を思い、煉は小さくため息を漏らした。

「相手も気の毒にな」

だんっ！

予想と一字一句違《たが》わぬ台詞《せりふ》を口にした和麻を、綾乃はテーブルをぶっ叩《たた》きつつ憤然《ふんぜん》と睨《にら》み据《す》えた。

（ああああ……）

綾乃の隣《となり》で、煉は思わず頭を抱《かか》える。

何となく、こうなることは予測《よそく》していた。してはいたのだが——

「…………」

「——」

立ち上がり、怒りを込めて見下ろす綾乃と、いつも通りの皮肉《ひにく》げな表情で見上げる和麻。

一触即発《いっしょくそくはつ》の気配が、何の罪《つみ》もない不幸な喫茶店《きっさてん》を浸蝕《しんしょく》していった。

（兄様ぁ……）

何とかしてくれ、との念を込めて、煉は悲痛《ひつう》な面持ちで和麻を見つめる。

しかし、和麻は応《こた》えなかった。

気づいていないわけではないのだ。そのことは気配で分かる。煉の思いを——ひょっとしたら重悟の思惑《おもわく》までも——承知《しょうち》の上で、和麻はこの状況《じょうきょう》を楽しんでいた。

不意《ふい》に、綾乃が言う。

「――帰るわよ」

「え、でも」

見合いの話を和麻に伝えるべきだと、強硬《きょうこう》に主張《しゅちょう》したのは煉だった。嫌《いや》がる綾乃に、和麻なら見合いを回避《かいひ》する策《さく》を授《さず》けてくれるかもしれない、と言い聞かせて。

その結果、

『まあ確かに、あいつなら、姑息《こそく》で卑怯《ひきょう》で外道《げどう》な悪知恵《わるぢえ》を思いつくかもしれないわね。それを実行するかどうかは別だけど』

などと、極《きわ》めてひねくれた言い方をしながらも、綾乃は和麻に力を借《か》りることに同意したのだが――

「いいわよもう！　お見合いくらい、このバカと顔突き合わせてるのに比《くら》べれば百万倍もマシだわ！」

「頑張《がんば》れよ。最後まで猫被《ねこかぶ》り続けることができたら、上手《うま》いこと名家《いいトコ》のお坊《ぼっ》ちゃまをモノにできるかもしれん」

「えーやってやるわよ結婚式は最前列に招待《しょうたい》するから楽しみにしててね！」

まさに売り言葉に買い言葉って調子で怒鳴《どな》り返し、綾乃は荒々しく席を立った。煉もその後に続く。

「じゃあな、煉」

「…………」

別れの挨拶《あいさつ》をしてくる兄に、少年はそれはもう冷たい視線《しせん》を送り――ぷい、とそっぽを向くことで答えに代《か》えたのだった。

「――やれやれ」

二人が店を出ると、和麻はおもむろに煙草《たばこ》をくわえた。数分の間、無言《むごん》で煙草を消費《しょうひ》し続ける。その胸の内は、表情《ひょうじょう》からは全く推《お》し量《はか》ることはできないが――

「ここ、よろしいですか？」

柔《やわ》らかい女の声に、和麻は視線を上向けた。テーブルの脇《わき》に立つ、微笑《びしょう》を湛《たた》えた美女の顔を無表情に見つめる。

確認《かくにん》するまでもなく、周囲《しゅうい》に空席は十分にあった。ならば、ただ茶を飲みにきたというわけではないのだろう。

「――どうぞ」

「ありがとうございます」

くわえ煙草のままで和麻が言うと、女は遠慮《えんりょ》なく、彼の向かいに腰《こし》を下ろした。やってきたウェイターにオレンジジュースを注文し、にこやかな笑顔で和麻を見つめる。

和麻もまた、遠慮なく女を観察《かんさつ》した。

年の頃《ころ》は二十歳前。その割《わり》には落ち着いた雰囲気《ふんいき》を漂《ただよ》わせていた。まだ未成年《みせいねん》でありながら、既《すで》に少女ではなく『女』として扱《あつか》われるにふさわしい品格《ひんかく》を身に備《そな》えている。

顔立ちは、その成熟《せいじゅく》した雰囲気を別にしてもかなり整っていた。しっとりと濡《ぬ》れたような、まさに烏《からす》の濡れ羽色《ばいろ》の髪を首の後ろでひとつにまとめ、まっすぐ腰まで垂《た》らしている。

いわゆる、典型的《てんけいてき》な和風美女だった。

「お待たせいたしました」

ウェイターがオレンジジュースを置いて去っていく。しかし、女はグラスを手に取るどころかストローの袋《ふくろ》を破《やぶ》りもせず、ただ、まっすぐに和麻を見つめている。

「俺に、何か用かな?」

「ええ。でなければ、このような下賤《げせん》な店に足を踏《ふ》み入れたりはいたしませんわ」

丁寧《ていねい》な口調《くちょう》で、さりげなく失礼な台詞《せりふ》を吐《は》く女。

「私は、土御門香久夜《かぐや》と申します」

そして、誇《ほこ》らしげに名乗《なの》りを上げる。

——が、その後に続く言葉は何もなかった。和麻は辛抱《しんぼう》強く続きを待つが、女——香久夜は説明は全て終わった、と言うかのように、澄《す》まし顔で沈黙している。

「――用件は？」

更《さら》に秒針が一回転した頃、和麻は端的《たんてき》に先を促《うなが》した。

香久夜は驚《おどろ》いたように目を瞠《みは》る。

「お分かりにならないのですか？」

「分からんね。土御門のお嬢様《じょうさま》が、俺ごとき馬の骨《ほね》に仕事を依頼《いらい》するとも思えんし」

「まあ、意外と身の程《ほど》を理解《りかい》していらっしゃるのですね」

またもや丁寧な口調で失礼なことを仰《おつしや》る香久夜嬢。意図的《いとてき》に慇懃無礼《いんぎんぶれい》に振《ふ》る舞《ま》っている、という様子ではなかった。おそらくは意識《いしき》するまでもなく、ごく自然に他者《たしゃ》を見下しているのだろう。

蔑《さげす》んでいるのではなく、他者が自分より下であることを当たり前と思っているが故《ゆえ》の無《む》神経《しんけい》さ。つまりは『パンがなければケーキを食べればよろしくてよ、おほほほほ』という輩《やから》と同じ手合《てあ》いである。

「おっしゃる通り、本来ならあなたなどに仕事を依頼することはありえません。たとえ風《ふう》術師《じゅつし》でなければならない事情《じじょう》があったとしても、もっとまっとうな血筋《ちすじ》の、あなたよりも遥《はる》かに優秀《ゆうしゅう》な術者を何人でも用意できますから。

――ああ、お気を悪くなさらないでくださいね？　別にあなたが無能《むのう》だと言っているわけではなく、私にはもっと優秀な術者につてがあるというだけのことなのですから」

「そーかい」

今の説明で『お気を悪くなさらない』奴《やつ》がいるのだろうか――他人事《ひとごと》のようにそんなことを考えながら、和麻は適当《てきとう》に相槌《あいづち》を打った。

どうやら香久夜は、和麻の素性《すじょう》をそれなりに調べてはいるようだ。つまり――神凪の宗《そう》家《け》に生まれながら炎術《えんじゅつ》の才を持たず、仕方なく風術師として身を立てている、と。

特に訂正《ていせい》の必要も感じなかったので、和麻は再び話を促す。

「そろそろ用件を聞きたいんだが」

「本当にお分かりにならないのですか？」

「そう言ってる。謎《なぞ》かけは好きじゃないんだ。これ以上はぐらかすつもりなら帰るぞ」

「……あなたはまさか、ご自分の恋人がお見合いをするということも知らないとおっしゃるのではないでしょうね？」

その言葉の意味するところはすぐに分かった。それでも、香久夜が何のために近づいてきたのかまでは分からなかったが。

確認を込めて、和麻は言う。

か？」

「面倒《めんどう》だから突っ込みは省略《しょうりゃく》するが、つまり、綾乃の見合い相手が土御門だってこと
「その通りです」

「ふん——確か土御門の直系で男は二人。上は確か、もう三十近いはずだから、相手は弟
か」

「その通りです」

「で、それがどうした？　お前の兄貴が綾乃と見合いするからって、俺にどうしろと？」

和麻の問いに、香久夜は露骨《ろこつ》な失望と侮蔑《ぶべつ》の表情を浮かべてみせた。

「あなたは、ご自分の恋人をお兄様に奪《うば》われてもいいとおっしゃるのですか？」

「やっぱり突っ込みは省略するが、たかが見合いだろ？　別にすぐさま結婚するわけじゃ
ない——」

「甘《あま》い！　甘いですわ！」

和麻の楽観論《らっかんろん》を断《た》ち切るように、香久夜は声を張《は》り上げた。

「あなたはお兄様のことをご存《ぞん》じないから、そんな気楽に構《かま》えていられるのです！」

まあ確かに、和麻は綾乃の見合い相手であるという、その男のことを何も知らない。人《ひと》
柄《がら》や能力はおろか、顔や名前さえも。知っているのは、土御門の直系にそういう人間がい

る、ということだけである。

「お兄様は――」

無言《むごん》で見守る和麻の前で、香久夜は祈《いの》るように胸前で手を組み合わせ、うっとりとした口調で語り始めた。

「それはもう素晴《すば》らしい、世界中の誰よりも素敵《すてき》な方なのです。凜々《りり》しく、強く、そして優《やさ》しく、更《さら》には安倍晴明の再来《さいらい》とまで謳《うた》われる一族最強の陰陽師。――いいえ、たとえ安倍晴明といえども、お兄様の前には色褪《あ》せてしまうことでしょう」

「ほー」

「そのお兄様に見つめられ、微笑《ほほえ》みかけられて恋に落ちない女など、この世のどこに存在するでしょうか。そう、あなたの恋人がお兄様の虜《とりこ》になってしまうことは、もはや必然《ひつぜん》なのです」

普遍《ふへん》の摂理《せつり》を語るように、香久夜は迷いなく言い切った。そのどこかイッちゃった口調、無数の星を浮かべた瞳《ひとみ》、薔薇色《ばらいろ》に染まった頬《ほお》は、明らかに恋に血迷《ちまよ》った小娘特有《とくゆう》のものであり、初見《しょけん》で感じた大人びた雰囲気《ふんいき》は、もうかけらも残っていなかった。

（きっちり鎖《くさり》につないどけよ、こういうのは……）

己《おのれ》の観察眼《かんさつがん》のなささを痛感《つうかん》しつつ、和麻は胸中で土御門の当主《とうしゅ》をなじる。

当然ながら、香久夜の言葉など、一パーセントも信じる気はなかった。『どんな女でも惚《ほ》れる男』などは理論上《りろんじょう》でさえ存在するはずがないし、土御門にそれほど傑出《けっしゅつ》した術者がいるという話も聞いたことはない。

安倍晴明の再来——元ネタがあまりに有名なだけあって、この称号《しょうごう》を名乗る陰陽師は、実はかなり多い。おそらく現在だけに絞《しぼ》っても、捜《さが》せば十指《じっし》に余《あま》る程度《ていど》は出てくるだろう。

しかし、仮にも晴明の直系である土御門の一族が、軽々しくその称号を用いることはまずありえない。少なくとも今まではなかったし、きっとこれからもないだろう。

つまり、香久夜の言葉は全て、度が過《す》ぎたブラコン娘の妄言《もうげん》でしかないということだ。

本来《ほんらい》ならば、こういう生き物の相手は趣味《しゅみ》ではないのだが——

「要《よう》するに、お前はその見合いをぶち壊《こわ》したいわけだな？」

「はい。がさつな炎術師の小娘など、お兄様の伴侶《はんりょ》には全くもってふさわしくありません」

香久夜は迷いなく言い切った。たとえ世界一の美女を連れてきても『ふさわしい』などと決して言わないであろうことは、これまでの態度《たいど》からして明らかだったが。

「ああ、今から目に浮《う》かぶようですわ。お兄様が義務感《ぎむかん》から仕方なく優しくしていることにも気づかず、発情期《はつじょうき》の牝猫《めすねこ》のようにお兄様につきまとう恥《はじ》知らずな小娘の姿《すがた》が」

「それはそれで、一度見てみたい気もするが——ともかく仕事の依頼だって言うんなら受けてやらんこともないぞ」

何を考えたのか——和麻は不敵《ふてき》な笑みを浮かべつつ、香久夜の依頼を受諾《じゅだく》したのだった。

翌朝《よくあさ》——綾乃は、表面的にはいつもと何ら変わらぬ態度《たいど》で、教室に足を踏み入れた。

「おはよう、神凪さん」

「おはよう」

「綾乃ー、おっはよー」

「おはよう」

かけられる挨拶《あいさつ》に、綾乃は分け隔《へだ》てなく笑顔で応《こた》える。

誰もが見惚《みと》れてしまうような可憐《かれん》な笑顔。だから、誰も気づかなかった。それが無意識《むいしき》下《か》での機械的《きかいてき》な反応にすぎないことに。誰に挨拶され、誰に応えているのか、綾乃が全く認識《にんしき》していないということに。

（あのバカ、クソ外道《げどう》、女ったらし……）

綾乃の頭の中は、未《いま》だに和麻への怒《いか》りで一杯《いっぱい》だった。皮一枚の笑顔で生徒たちと接しながら、その下でマグマのごとき激情《げきじょう》を滾《たぎ》らせている。

（ふんだ。いいわよ、あんな奴。あたしには何の関係もないんだから。お見合いしても、その後も個人的にお付き合いなんかしても、果ては婚約とかまでしちゃっても、絶対文句なんか言わせないんだから――）

自らの思いの裡《うち》に沈《しず》んでいく綾乃。だから、気づかなかった。小走りに自分に近づいてくる足音に。その声が、心の内側からではなく、外界から放たれたものであることに。

「綾乃ちゃん、お見合いするって本当？」

「するわよっ！　悪いっ⁉」

絶妙《ぜつみょう》なタイミングで問いかけられ、綾乃は無意識に叫《さけ》び返していた。

衝撃《しょうげき》の告白に、一瞬、教室内の物音《ものおと》が絶《た》える。きっかけを作った由香里《ゆかり》自身さえ、意外すぎる反応に目を丸くして硬直《こうちょく》していた。

「……あ」

ようやく我《われ》に返って、綾乃は遅《おそ》まきながら口に手を当て、ゆっくりと視線《しせん》を巡《めぐ》らせる。

当然と言えば当然だが、教室にいた生徒全員が、驚愕《きょうがく》の眼差《まなざ》しで綾乃を凝視《ぎょうし》していた。

「う……え、と……」

口ごもりながら、綾乃は元凶《げんきょう》である由香里を怨《うら》みがましく睨《にら》みつける。

由香里は小さく笑うとちろりと舌《した》を出し、自分の頭を軽く小突《こづ》くふりなんかして『反省』を表現してみせた。

「てへ♡」

「『てへ♡』じゃないでしょ『てへ♡』じゃ！　どうするのよこれっ⁉」

様々な視線が、射抜《いぬ》くように綾乃に向けられている。同性は主に好奇心《こうきしん》から。異性《いせい》は驚愕、悲哀《ひあい》、そして何故《なぜ》か憤怒《ふんぬ》――後半になるほど、眼差しはどこか思い詰《つ》めたものになっていき、少なからぬ圧力《プレッシャー》を綾乃に与えた。

「嘘《うそ》だ……嘘だと言ってくれ……」

「お、俺の綾乃ちゃんがああっ！」

「裏切《うらぎ》ったな！　僕の気持ちを裏切ったな！」

（う、うわ……）

口々に思いを吐露《とろ》するクラスメイト――主に男子――の姿に、綾乃は戦慄《せんりつ》する。何だか聞き捨《ず》てならない台詞が聞こえたような気もするが、ともあれ大ピンチであることに変わりはない。

「あらあら、大変ねえ」

対して、こちらは緊張感《きんちょうかん》のかけらも感じさせない口調で、由香里。

綾乃は小声で叱《しか》りつけるように叫ぶ。

「誰のせいだと思ってるのよ!?」

「んー、考えなしに大声で叫んだ綾乃ちゃんのせい？」

相変《あいか》わらず、ほやほやんとした笑顔のままで、由香里は正確に痛いところを突いてくる。

一瞬《いっしゅん》、綾乃は言葉に詰まったが、即座《そくざ》に語調《ごちょう》を強めて言い返した。

「自分には何の責任もないって言いたいわけ？」

「そうは言わないけどー。でも、そんなこと言ってる場合でもないんじゃない？」

「――む」

綾乃は口ごもる。周囲の視線《しせん》は、既《すで》に物理的圧力《ぶつりてきあつりょく》を感じるほどに高まっていた。粘着《ねんちゃく》質《しつ》な気配《けはい》に、一瞬《いっしゅん》、気圧《けお》される。

だが、それは所詮《しょせん》、一瞬でしかなかった。どんな感情《もの》であれ、一般人《いっぱんじん》の放つ気配に立ち向かえないようでは、炎術師《えんじゅつし》などやってはいられない。

頰《ほお》にかかった髪を背後《はいご》に払《はら》い、綾乃は冷たく澄《す》んだ眼差《まなざ》しで周囲を見やった。視線に込められた力は、文字通りに桁《けた》が違う。誰一人その視線を受け止められず、生徒たちは揃《そろ》って気まずげに目を逸《そ》らした。

全員を威圧《いあつ》してから、綾乃は淡々《たんたん》と告げる。

「悪いけどプライヴェートな話だから、みんなに説明するつもりはないわ。無用《むよう》な詮索《せんさく》は控《ひか》えてもらえると助かるのだけど？」

そして、『文句があるなら言ってみろ』とばかりに隙《すき》のない取り澄ました笑みを浮かべ、周囲を睥睨《へいげい》する。

当然ながら、誰も、何も言えなかった。

「さっすが綾乃ちゃん。かっこいー」

——例外はいたけれど。

そんな風に綾乃が一発かましたため、見合いの話を聞き出そうとする蛮勇《ばんゆう》を振《ふ》るう者はしばらく現れなかった。

だが、四限目が終わり、時間的には昼休みに突入《とつにゅう》した時のこと。チャイムが鳴《な》り終わらぬうちに、教室のドアが荒々《あらあら》しく開かれた。

まだ授業中の教室に乗り込んできた少年は、天まで届《とど》けとばかりに叫ぶ。

「先輩《せんぱい》、お見合いするって本当なんですかあああっ⁉」

教室内が、しん、と静まり返った。生徒と教師の視線が、入り口に仁王立《におうだ》つ少年と、頭痛を堪《こら》えるように頭を抱《かか》えた『先輩』——綾乃に集中する。

「……あー」

「先生、まだ続ける気なら、とっとと続けてください」

何かを言いかけた教師を遮《さえぎ》り、綾乃は乾《かわ》いた声で告げる。

「あ、いや、しかし――」

「その一年生は摘《つま》み出して構いませんから。ええ、何ならドアからと言わず窓からでも」

ちなみにここは三階である。

「え、ええっ、そんなあっ！」

「柊《ひいらぎ》くん、いま授業中。退出《たいしゅつ》しなさい」

綾乃は冷然《れいぜん》と言い渡し、少年――綾乃に恋い焦《こ》がれる新入生、柊太一郎《たいちろう》を、手も触《ふ》れずに教室から叩《たた》き出した。

そして数分後。

出て行く教師と入れ違いに駆《か》け込んできた太一郎は、脇目《わきめ》も振らず綾乃に詰《つ》め寄る。

「せんぱ――」

「黙《だま》れ♡」

満面に笑みを湛《たた》え、綾乃は命じた。その、笑顔だが決して笑ってはいない眼差しに威圧《いあつ》され、太一郎は吐《は》き出しかけた言葉を必死《ひっし》に呑《の》み込む。

「どーどー、落ち着いて、綾乃ちゃん。下級生をいじめちゃダメよ？」

そこに素早《すばや》く由香里が割《わ》り込み、綾乃を宥《なだ》めた。そして太一郎にウインクをひとつ。

「今はその話はNG。綾乃ちゃんちょっとナーバスになってるし、周りの目もあるからね」

「あ……」

太一郎は慌《あわ》てて周囲に目をやった。予想通り、教室内にいる生徒は全員がこちらに注目している。

「す、すいません……」

自身の軽率《けいそつ》さを恥《は》じ、太一郎は悄然《しょうぜん》とうなだれた。だが、由香里は寛大《かんだい》にもそれを許す。

「いーのよ。間違《まちが》いは誰にでもあるんだから。

——とゆーわけで、場所を変えて詳《くわ》しい話を聞き出すとしましょうかっ」

「……結局《けっきょく》、聞き出すんですか？」

太一郎は呆《あき》れ顔で呟《つぶや》いた。

『とゆーわけで』、由香里と七瀬《ななせ》、そして太一郎は、人気《ひとけ》のな、な、な、なくなった屋上に綾乃を連れ込み、昼食がてらの査問会《さもんかい》なんかを開催《かいさい》していた。

「——別に、大したことは知らないわよ」

だが、それはもう楽しそうに問い詰めてくる由香里に、綾乃は気のない答えを返す。

「顔は知らない。写真見てないし。名前は——聞いたっけ？　憶《おぼ》えてないや。年齢《ねんれい》も。知ってるのは土御門の次男だってことくらい」

「つちみかど？」

「陰陽師の一族よ。安倍晴明の末裔《まつえい》だとか自称《じしょう》してる」

魔術とは何の関係もない三人も、さすがにその名前は知っていた。揃《そろ》って驚愕と感嘆《かんたん》の表情を浮かべ、綾乃を見る。

「凄《すご》い由緒《ゆいしょ》ある家なんですね」

「そうね。日本の陰陽師の頂点《ちょうてん》に立つ一族だってことは間違いないわね」

「ふぅん——あれ？　でも」

不意《ふい》に、由香里は首をかしげた。

「綾乃ちゃんは炎術師——って言ったっけ？　とにかく火を操《あやつ》る魔法使いなんだよね。なのに陰陽師がお婿《むこ》さんでいいの？」

「そういやそうだね。そっちの業界では血筋が重視《じゅうし》されるって聞いた憶えがあるよ」

その後を受けて、七瀬が続ける。太一郎も、何も言わなかったが興味《きょうみ》深そうに耳をそばだてた。

対して、綾乃は軽く言い放つ。

「ああ、神凪《うち》はそういうの、あまり気にしないのよ」

「――そうなの？」

「そうなの。分家《ぶんけ》はそうでもないんだけど、宗家《そうけ》はね。仮に畑違いの、更《さら》に能力の低い術者を配偶者《はいぐうしゃ》にしても、生まれてくる子供はほぼ例外なく強い力を持ってるのよ。極端《きょくたん》な例になると、術者ですらない一般人との間にできた子供が神炎使《しんえんつか》い――神凪で一番強い力を使う術者になったこともあったらしいわ」

「なんか便利《べんり》ね、それ」

「でも逆《ぎゃく》に、優秀な術者との間に生まれた子供でも、炎術以外の才能を受け継《つ》ぐことはほとんどないんだけどね。何て言うのかな、配偶者の長所も短所も、全部、神凪色に塗《ぬ》り潰《つぶ》されちゃうって感じで」

「神凪の遺伝子《いでんし》は、他の魔法使いの遺伝子よりも優性《ゆうせい》だってこと？」

「それが、そうでもないらしくてね」

綾乃は苦笑しつつかぶりを振る。

「神凪は、外の血は遠慮《えんりょ》なく取り入れるけど、逆に外に出すことは滅多《めった》にないのよ。でも、たまに分家に降嫁《こうか》することはあるんだけど」

そこで生まれる子供は、血の濃さで言えば宗家に匹敵《ひってき》する。しかし、三代もすると他の分家と変わらなくなっちゃうし」

「なんでか知らないけど、さして強い力は持ってないのよね。三代もすると他の分家と変わらなくなっちゃうし」

「へえ、不思議《ふしぎ》ですねえ」

太一郎は感心《かんしん》したように呟いた。

たとえ魔術の知識《ちしき》を持っていなくても、それが遺伝学的に矛盾《むじゅん》した、一種の超常現象《ちょうじょうげんしょう》であることはさすがに分かる。

「ほんと、不思議ねえ」

由香里もしきりに頷《うなず》いて同意《どうい》を示した。

「まるで、血筋じゃなくて家系の方に力が宿《やど》ってるみたい」

「――――」

綾乃は思わず目を瞠《みは》り、由香里を見つめた。由香里は慌《あわ》てた風に手を振り、口早に問う。

「え？　あれ？　なんか変なこと言った、あたし？」

「あ、ううん、なんでもない」

何となく、それが正解のような気がした。しかし、それを今考えたところで意味はない。

情報があまりにも少なすぎた。

次期《じき》宗主《そうしゅ》、炎雷覇《えんらいは》の継承者《けいしょうしゃ》といったところで、綾乃はまだ十六の若輩《じゃくはい》にすぎないのだ。隠《かく》されている伝承《でんしょう》、秘蹟《ひせき》は数多い。これもきっと、その辺りの知識なのだろう。

そう判断《はんだん》し、綾乃は思考《しこう》を切り替《か》えた。それと同時、

「——つまり、その陰陽師は綾乃の結婚相手として何の問題もない、ということだな？」

七瀬が冷静な口調で話の流れを戻《もど》す。綾乃は努《つと》めて客観的《きゃっかんてき》に答えた。

「そうね。まあ、名門だしね。両家にとって益《えき》のある婚姻《こんいん》と言えるでしょうね」

「そんなっ！　先輩、まさかそのお見合い、受けるつもりなんですか⁉」

「つもりも何も、断《ことわ》りようがないんだって」

興奮《こうふん》する太一郎に、綾乃は至《いた》って冷静に返す。

「だからって結婚とかまで考える必要なんかないでしょう⁉　いっぺんだけ会って速攻《そっこう》で断っちゃえばいいじゃないですか！」

「できないって、そんなの。あたしだけの問題ならともかく、お互《たが》いの家の面子《メンツ》もかかってるんだから。一回会って『ごめんなさい』じゃ済まないわよ」

「じ、じゃあ、その後も個人的に一対一で会って、食事したり映画見たりするんですか⁉」

「まあ、するんじゃないの？」

「そんなあああああっっ！」

太一郎は世界の終わりを迎《むか》えたような表情で頭を抱《かか》え、悲痛な声で叫んだ。由香里はその様を楽しそうに見守っていたが、不意《ふい》に心配そうに——ではなく、あからさまに騒動《そうどう》を期待《きたい》した口調で問いかける。

「でも、そんなこと和麻さんが知ったら何て言うかなあ？」

だが、彼女にとっては残念なことに、その質問は些《いささ》か時機《じき》を逸《いっ》していた。

綾乃はぼそりと答える。

「相手も気の毒にな」

「——はい？」

「相手も気の毒にな——そう言ったわ、あいつは」

とんでもなく不機嫌《ふきげん》そうに吐《は》き捨《す》てた綾乃を横目に、由香里と七瀬は目を見合わせる。

これで分かった。何故、綾乃が見合いをそれほど忌避《きひ》していないのか。

（——なるほど、それでか）

（やれやれだねー）

二人は共に苦笑を浮かべる。何と言うか、実に和麻らしい態度《たいど》であり、そして、綾乃らしい反応だった。つまりはいつも通りのことであり、心配する必要はない。というか、するだけ馬鹿《ばか》らしい。

（でも、ただ見てるだけっていうのもつまらないよね？）

隣《となり》で和麻への怒りを滾《たぎ》らせている太一郎を見ながら、由香里は見合いをかき回す手段《しゅだん》を模索《もさく》し始める。きっとこの少年は、綾乃のために進んで協力してくれることだろう。

（さあ、忙《いそが》しくなるぞっ）

うふふふふ、と不吉《ふきつ》な含《ふく》み笑いを漏《も》らしながら、由香里は脳裏《のうり》で必要事項《ひつようじこう》を列挙《れっきょ》していった。


「――さて」

敢《あ》えて人気のない場所へ黙々《もくもく》と歩き続けていた和麻は、不意に立ち止まり、振《ふ》り向いた。

「そろそろいいだろう？」

煙草《たばこ》を口にくわえながら、隣を歩く知人に向けるように声をかける。周囲《しゅうい》には人の姿はない。が――

「お気づきでしたか」

和麻の声に応《こた》え、虚空《こくう》から湧《わ》き出るように、一人の男が姿を現した。続いて、周囲の物陰《ものかげ》から十人近い人影が歩み出る。

全員が男だった。だが、類似点《るいじてん》はそれくらいのもので、年齢も服装もまるで統一性《とういっせい》がない。それでも、男たちは明らかに連携《れんけい》の取れた動きで和麻を包囲《ほうい》した。

「突然《とつぜん》のご無礼《ぶれい》、申《もう》し訳《わけ》ありません。どうしても、あなたにお願いしたいことがありまして」

表向きは丁重《ていちょう》に、最初に現れた男が和麻に歩み寄ってくる。取り立てて特徴《とくちょう》のない、スーツを着た中年の男。曖昧《あいまい》な愛想《あいそ》笑いを浮かべ、へこへことお辞儀《じぎ》をしながら話を続けてくる。

「我《われ》らは土御門家当主、定信《さだのぶ》様の使いで参《まい》った者。一応《いちおう》、代表は私ということになっています。山田とお呼びください」

匿名《とくめい》希望と言わんばかりの自己紹介《じこしょうかい》に、和麻は思わず失笑《しっしょう》した。差し出された名刺《めいし》は、一瞥《いちべつ》しただけで丸めて捨《す》てる。

「――で、用件は？」

「我々とご同行いただきたい」

山田は率直《そっちょく》に切り出した。

「居心地《いごこち》のよい別荘《べっそう》を用意してあります。何不自由ない、快適《かいてき》な暮らしを約束いたしますので、そこにしばらく――そう、月曜日あたりまで過ごしていただきたいのです」

月曜日——綾乃の見合いが終わる日まで。土御門の人間がそれを要求《ようきゅう》する意味は、誤解《ごかい》の余地《よち》なく明らかだった。

「なかなか美味《おい》しそうな話だが、仕事が入っててな」

「香久夜様の依頼《いらい》は、定信様の名において解約《キャンセル》いたします。無論《むろん》、違約金《いやくきん》も十分に」

「ふむ、ますます美味しいな」

心を動かされた様子の和麻を見て、山田は満足げに顔をほころばせる。

「では——」

「だが却下《きゃっか》だ。論外《ろんがい》だな」

一瞬《いっしゅん》、男はぴくりと眉《まゆ》を上げた。だが、ただそれだけで提案《ていあん》を蹴《け》られた驚愕《きょうがく》を抑《おさ》え込むと、根気《こんき》よく説得を続ける。

「何故《なぜ》でしょうか？　私は穏便《おんびん》に話をまとめるべく、可能な限り譲歩《じょうほ》しているつもりなのですが——」

「正直、今も迷《まよ》ってるんだ」

山田の言葉を無視《むし》して、和麻は誰に言うともなく呟《つぶや》いた。それは、三十秒前とは正反対のことのようにも聞こえるが——

「ちょっかいかけるか、何もせず見物《けんぶつ》に徹《てっ》するか——いずれにせよ、綾乃の見合いなんて愉快《ゆかい》なイベントを見逃《みのが》すつもりは断《だん》じてないっ！」

「…………」

呆気《あっけ》に取られたように、山田は和麻を凝視《ぎょうし》する。が、すぐに気を取り直した。道化《どうけ》た台詞《せりふ》が演技《えんぎ》だろうと本心だろうと、そんなことはどうでもいい。

「つまり、交渉決裂《こうしょうけつれつ》ということですかな？」

大切なことはそれだけだった。

和麻は答えない。答える必要すらないと言うように、不敵《ふてき》な笑みを刻《きざ》んで男を見据《みす》える。

「ならば、その身を以《もっ》て知るがいい——我ら土御門の深遠《しんえん》なる秘術《ひじゅつ》の冴《さ》えを！」

叫びと同時、周囲《しゅうい》の男たちが一斉《いっせい》に呪符《じゅふ》を取り出した。和麻は醒《さ》めた目つきでそれを見《み》据《す》える。

「陰陽師が精霊術師《せいれいじゅつし》に喧嘩《けんか》を売るか。人数揃《そろ》えたのは犠牲《ぎせい》を前提《ぜんてい》に、ってことか？」

山田は無言《むごん》。周囲の男たちと同様《どうよう》に呪符を指先に挟《はさ》み、投擲《とうてき》の構《かま》えを取る。

投げた。

「出《い》でよ、護法童子《ごほうどうじ》——」

「遅《おせ》え」

冷ややかに言い捨《す》て、和麻は風の刃《やいば》を放つ。その時点で、彼は勝利を確信していた。

精霊魔術は、戦闘《せんとう》においては最強の魔術だと言われている。その最大の理由は、威力《いりよく》ではなく速度にあった。

他のほぼ全ての魔術では必須《ひっす》である呪文《じゅもん》の詠唱《えいしょう》が、精霊魔術には——基本的《きほんてき》に——ない。故《ゆえ》に、精霊魔術は魔術よりも超能力《ちょうのうりょく》に近いと言う者さえいるのだが——ともあれ精霊術師は、特に対人戦闘《たいじんせんとう》において圧倒的《あっとうてき》なイニシアチブを取ることができるのである。

中でも、呪符を用《もち》いて術を操《あやつ》る陰陽師など、和麻にとってはカモに等《ひと》しい。術が起動《きどう》する前に呪符を破壊《はかい》してしまえば、いとも簡単《かんたん》に無力化《むりょくか》することができるのだから。

和麻の放った風の刃は、宙《ちゅう》を舞《ま》う呪符の全てを確実《かくじつ》に捉《とら》えた。が——

「甘《あま》いわ！」

呪符は衝撃《しょうげき》に折《お》れ曲がったものの切断《せつだん》はされず、風の刃の一撃《いちげき》を凌《しの》ぎきった。

「——お？」

驚愕《きょうがく》に目を瞠《みは》る和麻の前で、呪符は式神《しきがみ》へと姿を変える。山田の呪符は、呼び声通りに護法童子——仏法《ぶっぽう》を守護《しゅご》すると伝えられる童子姿の鬼神《きしん》に。そして、その周囲に、人型、獣《けもの》型、その他様々な形態《けいたい》をした式神が並《なら》んだ。

山田は新たな呪符を手に、得意《とくい》げに叫ぶ。

「愚《おろ》か者め、風術師を相手に無策《むさく》で挑《いど》むはずがなかろう！　この呪符はケブラー繊維《せんい》を編《あ》

郵便はがき

おそれいりますが
50円切手を
お貼りください

1 0 2 - 8 1 4 4

東京都千代田区富士見1-12-14

富士見書房編集部

「富士見ファンタジア文庫」係　行

ご住所	〒		
お名前		（男・女）	歳
ご職業 （学校名）		TEL	

●このアンケートをご返送くださった方の中から年一回抽選の上、100名様に記念品として小社オリジナルグッズを差し上げます。発表は発送をもってかえさせていただきます。ぜひご返送ください。

富士見ファンタジア文庫　愛読者応募カード

ご購読いただきありがとうございます。下記のアンケートにお答えください。
いただいたアンケートは、今後の企画の参考にさせていただきます。

この本のタイトル	

ご購入なさった書店(　　　　　　　　　　　　　　　　　　　　　　　　　　)

●この本を何で知りましたか？

1.雑誌を見て（雑誌名　　　　　　　　　　　　　　　）　2.お店で本を見て
3.ポスターやチラシを見て　4.インターネットで見て　5.人に勧められて
6.その他(　　　　　　　　　　　　　　　　　　　　　　　　　　　　　)

●お買い求めの動機は？

1.作者が好きだから　2.カバー（イラスト）がよいから　3.タイトルが気に入ったから
4.カバーの作品紹介を読んで　5.月刊ドラゴンマガジンの特集＆短編を読んで
6.チラシを見て　7.その他(　　　　　　　　　　　　　　　　　　　　　　)

●この作品の内容についてあなたなりの判定をお願いいたします。

1.この本の内容は
(1:大変面白かった　2:面白かった　3:普通　4:つまらない)
2.上記の判定の理由と寸評、作品の良かった点、悪かった点をお書きください。
良かった点(　　　　　　　　　　　　　　　　　　　　　　　　　　　　)
悪かった点(　　　　　　　　　　　　　　　　　　　　　　　　　　　　)
3.この作品の中でお気に入りのキャラクターを教えてください。
ベスト1（　　　　　　）　ベスト2（　　　　　　）　ベスト3（　　　　　　）
4.この作品の続編が読みたいですか？（1:はい　2:いいえ）

●この作品のイラストに関してお聞きします。

1.本作品のイラストは（1:良い　2:普通　3:良くない）
2.口絵のボリュームに関して（1:満足　2:普通　3:物足りない）

●月刊ドラゴンマガジンを購読していますか？

1.毎月　2.ときどき　3.いいえ

●今月、何冊の本を買いましたか？（　　　　冊）

●この本と一緒にご購入なさった本があれば教えてください。

●この本についてのご意見・ご感想をお書きください。

ご提供いただいた情報は、プレゼントの発送他、個人情報を含まない統計的な資料作成に利用いたします。その他個人情報の取り扱いについては当社プライバシーポリシー（http://www.kadokawa.co.jp/help/policy_personal.html）をご覧ください。

み込んだ防刃布製《ぼうじんふせい》よ。貴様《きさま》ごときへっぽこ風術師の風などで断《た》てるものか！」

「おお」

和麻は感心したように呟いた。

「やるなあ、一杯《いっぱい》喰わされたぞ」

率直《そっちょく》な賞賛《しょうさん》を送る。が、山田は訝《いぶか》しげに眉《まゆ》をひそめた。

「貴様——何がおかしい？」

「ん？　笑ってたか？」

緩《ゆる》んでいた口元を、和麻は慌《あわ》てて引き締《し》める。だが、先刻《せんこく》の光景《こうけい》を思い出すと、やっぱり笑いの衝動《しょうどう》が込み上げてきてしまうのだった。

和麻が笑っているのは、決して無駄《むだ》な努力を嘲《あざけ》っているのではない。この男は非常識《ひじょうしき》な力を持っているくせに、そういう小細工《こざいく》とか罠《トラップ》とかハメ技とかが好きなのだ。

自分でやるのはもちろん好きだし、他人がしているのを見ても楽しくなってしまう。そして始末《しまつ》の悪いことに、他人が自分をハメようとして失敗《しっぱい》し、嘆《なげ》くところを見るのも大好きなのだった。

「いや、やっぱり創意《そうい》工夫《くふう》って大事《だいじ》だよな。それでこそ人間、って感じだし。とゆーわけでそろそろ始めるか。

——安心しろ、手加減《てかげん》してやるから」

「愚か者め！　己《おのれ》が既《すで》に敗《やぶ》れていることさえ分からぬか！」

和麻の宣告《せんこく》に応じて、山田を始めとした男たちは、それぞれ個性的《ユニーク》な式神を前進させる。

そして、戦いが始まった。


「——ふう」

気怠《けだる》げに天を仰《あお》いで嘆息《たんそく》し、和麻は新たな煙草《たばこ》に火をつける。同時に地面を力なく蠢《うごめ》く
いものを、がしりと容赦《ようしゃ》なく踏《ふ》みつけた。

「ま、土御門っても下《した》っ端《ぱ》じゃな。こんなものか」

「う、うぐ……」

呻《うめ》き声を聞きつけ、足下——文字通り足の下——に這《は》いつくばった山田を見下ろす。

「もーちょっと寝てろって。今は痛いかもしれねーけど、実質的《じっしってき》なダメージは学生《こども》のケンカと変わりない。しばらく休めば歩いて帰れるからよ」

温情《おんじょう》に満ちた言葉——ではあった。もっとも、ぐりぐりと相手の頭を踏み躙《にじ》りながら言ったのでは効果《こうか》も半減《はんげん》、というか皆無《かいむ》に近かったことだろうが。

「で、帰ったら御主人様《ごしゅじんさま》に伝言《でんごん》だ。見合いの時は、しっかり守りを固めとけ。さもないと、

悪い魔法使いが未来の嫁《よめ》さんさらっていっちゃうぞ、てな」

憎悪《ぞうお》を込めて見上げる山田を見下ろし、冗談めかした警告《けいこく》を送る。

もはや、傍観《ぼうかん》する気は完全になくなっていた。どんな風に引っかき回してやろうかと悪《あく》辣《らつ》な考えを巡《めぐ》らしながら、和麻は笑う。

それはもう、楽しそうに。

すべては愛のために【後編】

都内某所《とないぼうしょ》にある、何百年だかの歴史を誇《ほこ》る料亭《りょうてい》の一室で、神凪綾乃《かんなぎあやの》は正面に座《すわ》る男の顔を見るともなしに見つめていた。

二十代前半の、十人中九人は美男子と認《みと》めるであろう青年である。身長は百八十センチ強。細身《ほそみ》だがしっかりと筋肉《きんにく》のついた体格。身ごなしを見た限りでは、体術《たいじゅつ》はかなり使えるようだ。その上、術者としても優秀だと聞いている。

綾乃の見合《みあ》い相手、土御門貴明《つちみかどたかあき》とは、要約《ようやく》すればそんな男だった。

何と言うかおよそ欠点の見当たらない、世の男たちからダース単位《たんい》の呪詛《じゅそ》をかけられていそうな男である。少なくとも大多数の女性は、見合いでこんな優良物件と巡《めぐ》り会えたら狂喜《きょうき》するに違いない。

――が。

視線《しせん》に気づき、にこりと爽《さわ》やかな笑みを向けてくる貴明に小さく愛想《あいそ》笑いを返すと、綾乃はさりげなく目を逸《そ》らした。そしてまた、やはり意味もなく視線を巡らせる。

（早く終わらないかな……）

まだ始まったばかりだというのに、綾乃はもうそんなことを考えていた。

もともと、彼女にとって見合いに積極的《せっきょくてき》になる理由は、和麻《かずま》への面当《つらあ》てというものだけしかない。だが、言ってしまえば『いつものこと』でしかない怒《いか》りは、当然いつまでも長続きはしなかった。

更《さら》に、綾乃は行動《こうどう》や性格はアグレッシブであるが、恋愛観《れんあいかん》は幼稚《ようち》とさえ言えるほどに潔癖《けっぺき》で純粋《じゅんすい》なものを持っている。

つまりは恋愛や結婚に甘《あま》い夢を見ているお年頃《としごろ》なのだ。そんな彼女にとって、見合いというイベントは決して心躍《おど》るものではない。

故《ゆえ》に、今日の見合いは既《すで》に、義務感《ぎむかん》だけでこなす『仕事』でしかなくなっていた。

――のだが。

「綾乃さんは、少し緊張《きんちょう》なさっているのかしら？」

そんな綾乃の思惑《おもわく》とは関係なく、世話人《せわにん》を務《つと》める中年の女性は頻繁《ひんぱん》に話を振《ふ》ってくる。

綾乃は愛想笑いを浮《う》かべ、言葉少なに答えた。

「あ、はい、少し。このような席は初めてですので」

「まあ、初々《ういうい》しいこと。でも、心配することはありませんよ。誰もあなたをいじめたりはしませんからね」

「……ありがとうございます」

数瞬《すうしゅん》の沈黙《ちんもく》の後、静かに一礼《いちれい》する綾乃。同時に正面からは見えないように、隣《となり》で吹《ふ》き出しかけた父、重悟《じゅうご》を睨《にら》みつける。

だが、世話人がそんなことを言うのも無理《むり》のないことだった。今日の綾乃は華《はな》やかな振《ふ》り袖《そで》に身《み》を包《つつ》み、髪《かみ》も丁寧《ていねい》に結《ゆ》い上げて、いかにも深窓《しんそう》の御令嬢風《ごれいじょうふう》の儚《はかな》げとすら言える装《よそお》いで姿《すがた》を現《あらわ》している。

今の綾乃を見て、いつもの活発《かっぱつ》な（すごく好意的な表現）彼女を想像《そうぞう》することは困難《こんなん》——と言うかまず不可能《ふかのう》である。見ると、貴明も、またその両親も、気遣《きづか》わしげないたわりに満ちた笑顔で綾乃を見つめていた。

（え、ええと……どうしよう？）

思わず反応《はんのう》に困った綾乃を助けるように、廊下《ろうか》から声がかけられた。どうやら、仲居《なかい》が料理を持ってきたらしい。

自然と会話が途切《とぎ》れたことに安堵《あんど》して、綾乃は運ばれてくる料理に目を向けた。目にも美しい懐石《かいせき》料理は、今は喉《のど》を通りそうにないが——

（なあっ——!?）

驚愕《きょうがく》が声となってほとばしらなかったことは、思えば奇跡的《きせきてき》な幸運だった。あるいは驚《おどろ》きが大きすぎたため、声を出すこともできなかったのかもしれないが。

自分の目を疑《うたが》うように、綾乃は呆然《ぼうぜん》と仲居を凝視《ぎょうし》した。落ち着いた色合いの着物《きもの》姿。必《ひつ》要《よう》以上に目を惹《ひ》かず、さりとて客を不快《ふかい》にさせることもない自然な笑顔。肩《かた》までかかるソバージュの髪は後ろでひっつめているのだが、纏《まと》う気配《けはい》はそれでもやっぱり柔《やわ》らかく——

綾乃がよく知った、しかしここで見るはずのないその顔は——何度見ても彼女の友人、篠宮由香里《しのみやゆかり》のものに相違《そうい》なかった。

（な……なんであんたが……）

呆然《ぼうぜん》として声も出ない綾乃を尻目《しりめ》に、由香里は危《あぶ》なげなく配膳《はいぜん》を終える。そして、去り際《ぎわ》に一度だけ綾乃と視線を合わせた。

綾乃だけに見せた、微《かす》かな、しかし見間違《みまちが》えようのない確《たし》かな笑み。『うふふー、驚いたー？』なんて台詞《せりふ》まで聞こえたような気がして、綾乃は一瞬《いっしゅん》、めまいを覚えた。

その後、見合いは問題なく進んでいった。最初の一回以来、由香里が姿を現すことはなく、また、彼女がいたずらを仕掛《しか》けた様子も今のところ、ない。

しかし、綾乃は確信していた。あの女は必ず何かをやる。今もこの部屋を覗《のぞ》き見ている。

更には録画《ろくが》までしているに違いない、と。

要《よう》するに由香里のせいで、この見合いはいっそう気の抜けないものになってしまったのだ。和《なご》やかに談笑《だんしょう》している風に装いながら、その実、綾乃は妖魔《ようま》を前にしている時よりも緊張《きんちょう》していた。

その時不意《ふい》に、世話人の女性が綾乃と貴明を交互《こうご》に見やり、笑顔で言う。

「この料亭は、庭園《ていえん》が美しいことで評判《ひょうばん》だそうですよ。二人で散歩《さんぽ》などしてきてはいかがかしら？」

見合いとしてはお決まりの展開《てんかい》である。当然ながら拒否《きょひ》できるはずもなく、

「——はい」

綾乃は可愛《かわい》らしく微笑《ほほえ》んで、差《さ》し伸《の》べられた手を取るのだった。


「……あ、また見つけた」

木の幹《みき》に張《は》りつけてある呪符《じゅふ》を、柊太一郎《ひいらぎたいちろう》は妙《みょう》に分厚《ぶあつ》い手袋《てぶくろ》をつけた右手で引き剝《は》がした。そして数メートル離《はな》れた別の木に、上下を反転《はんてん》させて張《は》りつける。

接着剤《せっちゃくざい》が塗《ぬ》られているわけでもない呪符は、何故《なぜ》かぴったりと木に固定された。

「さあ、もうひと頑張《がんば》りだ。——それにしてもあの人、どこでこんなもの手に入れたんだ

ろうなあ？」

呆《あき》れた様子《ようす》で独《ひと》りごちながら、太一郎は右手の手袋を見やる。

『対魔術手袋《アンチマジックグローブ》』――彼女はそれをそう呼んでいた。その名の通り、軽度《けいど》の魔術的影響《まじゅつてきえいきょう》を無《む》効化《こうか》できるものだとか。

全ては彼女の手引きによるものだった。見合い会場となる、この料亭を突《つ》き止めたのも、そこに仲居《なかい》として潜入《せんにゅう》し、自分が忍《しの》び込む手筈《てはず》を整えてくれたのも、そして、一般人《いっぱんじん》が入《にゅう》手《しゅ》できるはずもない、このマジックアイテムを貸《か》してくれたのも。

「篠宮先輩《せんぱい》――いったい何者なんだろう？」

全くもって不思議《ふしぎ》な少女である。しかし、それは今、気にすることではなかった。太一郎には、何よりも優先して果たさなければならない『使命《しめい》』があるのだから。

『土御門の人たち、何か企《たくら》んでるみたいよ』

太一郎に先んじて潜入していた由香里は、押《お》し殺した声でそう囁《ささや》いた。そして、不審《ふしん》な点を列挙《れっきょ》する。

料亭をわざわざ貸し切りにして、当日の人の出入りを禁《きん》じたこと。庭のあちこちに、建物を囲《かこ》むように呪符を張り巡らせていること。そして敷地《しきち》の内外を、三十人近い陰陽師《おんみょうじ》を動員《どういん》して警戒《けいかい》させていること。

『ただのお見合いに、こんな厳重《げんじゅう》な警備《けいび》は必要ないわ。きっと、何かよからぬことを企んでるのよ。たとえば綾乃ちゃんの心を操《あやつ》って、無理遣《むりや》り結婚に持ち込んじゃうとか！』

かなり強引《ごういん》な論理《ろんり》展開《てんかい》である。というかむしろこじつけに等しい。しかし、由香里は得《とく》意《い》の弁舌《べんぜつ》で太一郎を説得し、その推論《すいろん》を信じ込ませた。そして件《くだん》の手袋を渡し、呪陣《じゅじん》の攪《かく》乱《らん》を指示《しじ》したのである。

『危険な役目《やくめ》かもしれないわ。――でも、今、綾乃ちゃんを守れるのは柊くんだけなのよ。お願い、力を貸して！』

『はい！　任《まか》せてください！』

一瞬も迷《まよ》わず、太一郎は力強く頷《うなず》いたものだった。

　言うまでもないが、土御門の過剰《かじょう》な警備《けいび》は、わざわざ襲撃予告《しゅうげきよこく》までしてみせた和麻に備《そな》えてのものである。張り巡らされた呪符は、侵入《しんにゅう》を感知《かんち》する結界を構成《こうせい》するものでしかない。

　しかし、そんなことは知らない上、由香里に丸め込まれた太一郎は、『綾乃のために』と危険も顧《かえり》みずに孤軍奮闘《こぐんふんとう》していた。

――が、所詮《しょせん》は素人《しろうと》のこと。これまでは運がよかったが、また新たな呪符を見つけ、そこに向かおうとした瞬間《しゅんかん》、

「動くな」

冷ややかな声が太一郎の歩みを止める。

「え……あ、あの……」

「貴様《きさま》、何者だ」

「ぼ、僕はその……こ、ここのバイトで」

「嘘《うそ》をつくな」

太一郎の必死《ひっし》の弁明《べんめい》を、男は一言《いちごん》の下《もと》に切り捨てた。

「今日、ここで働く者の顔は全員確認《かくにん》している。貴様など見ていない」

「え、えーと……」

「振《ふ》り返れ。ゆっくりとだ」

「…………」

恐怖と興奮《こうふん》と緊張《きんちょう》とで喉《のど》から心臓《しんぞう》が飛び出しそうになりながら、太一郎は必死に打開策《だかいさく》を考えていた。

だが無論《むろん》、ただの学生にすぎない太一郎に一発逆転《いっぱつぎゃくてん》の妙手《みょうしゅ》などはない。少し冷静《れいせい》になれ

ば分かりそうなものだが、今の彼は、控《ひか》え目に言っても決して冷静ではなかった。

何しろ彼の頭の中では、土御門の術者は綾乃に邪悪《じゃあく》な魔法をかけようとしている『悪の手先』なのである。その目論見《もくろみ》を阻《はば》む前に、敵の手に落ちるわけにはいかなかった。

——というわけで。

「う……うわあああああああああああっ!!」

逆上《ぎゃくじょう》した少年は、裏返《うらがえ》った叫《さけ》び声を上げながら、背後《はいご》の男に殴《なぐ》りかかった。

ここで、もうひとつ不運《ふうん》が重なる。太一郎を詰問《きつもん》しているこの男、実はあまり優秀な術者ではなかったのだ。

それを自覚《じかく》しているからこそ、男は咄嗟《とっさ》に自分の持つ最大の力を行使《こうし》しようとした。単に力ずくで取り押さえれば、それで済んだにもかかわらず。

男は懐《ふところ》から呪符を取り出す。しかし、未熟《みじゅく》な術は当然ながら起動《きどう》も遅い。捨《す》て鉢《ばち》になった少年が手の届《とど》く距離《きょり》まで詰《つ》め寄《よ》ってこられる程度《ていど》には。

これらの要因《よういん》が重なった結果《けっか》、それは起こった。偶然《ぐうぜん》か、それとも中途半端《ちゅうとはんぱ》に理性《りせい》が残っていたのか、太一郎は投擲《とうてき》される寸前《すんぜん》の呪符を右手で——対魔術手袋をはめた手で握《にぎ》り潰《つぶ》したのだ。

言うまでもなく愚挙《ぐきょ》であり、暴挙《ぼうきょ》である。由香里のコネがいかに高校生離れしたものでも、一般人が手に入れられるような呪法具《じゅほうぐ》に、起動しかけた呪符を抑《おさ》えるような力はない。

だが、完全に無意味《むいみ》でもなく――男の術は、どちらにとっても不本意《ふほんい》な形で起動された。

「綾乃さん――退屈《たいくつ》ですか？」

「え？――いいえ。とても楽しいです」

貴明の問いに、綾乃は笑顔で答えた。決して嘘《うそ》ではない。先刻《せんこく》までの、いかにもお見合い、という雰囲気《ふんいき》に比《くら》べれば、今は極《きわ》めて快適《かいてき》である。

隣《となり》を歩く男の存在も、別に不快《ふかい》ではなかった。話題は豊富《ほうふ》だし不躾《ぶしつけ》な真似《まね》はしないし、こちらが望むスタンスをごく自然に取ってくれている。

故《ゆえ》に、綾乃は今、本心から貴明との会話や庭の散策《さんさく》を楽しんでいた。

「それはよかった。綾乃さんが不快に思われるのは当然だと思っていましたから」

「――何故《なぜ》ですか？」

「何故って、まだ十六歳なのに、古い家の約束などのせいで見合いなどさせられては腹も立つでしょう？　それに、綾乃さんには恋人もいると聞いていますし……」

突然《とつぜん》、致死《ちし》レベルの殺気《さっき》を感じ、貴明は続く言葉を呑《の》み込んで身構《みがま》えた。しかし、殺気は一瞬《いっしゅん》で霧散《むさん》し、鉛《なまり》と化したかのような空気は速《すみ》やかに常態《じょうたい》を取り戻《もど》す。

「どうかしましたか？」

「あ、いえ……今、どこからかもの凄《すご》い殺気を感じたような気がしたんですが」

「さあ、私は何も感じませんでしたけど。——ああ、それから」

「なんでしょう？」

「貴明さんがおっしゃる恋人というのが、もしも八神《やがみ》和麻という人のことでしたら、それは根も葉もない出鱈目《でたらめ》です」

綾乃はにこやかに言い切った。

「そうなんですか？」

「そうです。彼とはよく一緒《いっしょ》に仕事をしますが、ただそれだけの関係です。ええ本当に。それ以外の関係なんか一ミリグラムも存在しませんとも」

「……そ、そうですか」

満面の笑みと共に語られた言葉に何故か異様《いよう》な迫力《はくりょく》を感じ、貴明は微妙《びみょう》にひきつった顔で頷《うなず》いた。だが、すぐに気を取り直し、

「では、僕にも少しは望みがあるということですか？」

「——そういうことを急に言われても困ってしまうんですけど」

綾乃は少し顔をうつむかせ、戸惑《とまど》いを込めて返した。途端《とたん》、貴明は速やかに前言を翻《ひるがえ》す。

「そうですね、急ぎすぎました。申《もう》し訳《わけ》ありません」

「いいえ、お気持ちは嬉《うれ》しく思いますから」

決して社交辞令《しゃこうじれい》からだけではなく、綾乃はそう答えた。同年代の少年たちのようにがっついた感じのない、落ち着いた大人の男性と接《せっ》した経験《けいけん》は、彼女にはあまりない。

そうした相手から手放しの好意を向けられることは、正直、悪い気分ではなかった。

「そう言ってもらえると、僕も嬉しいです。しかし、だとすると綾乃さんは、八神という男を人間的にはあまり高く評価《ひょうか》していないということですか？」

「ええ。最低です」

さらりと言い放った容赦《ようしゃ》のない言葉に、貴明はかなり驚《おどろ》いたようだった。

「最低、ですか？」

「はい。風術師《ふうじゅつし》としては一流ですが、それ以外は。性格は拗《ねじ》くれてるわ、お金には汚いわ、困ってる人を平然《へいぜん》と見捨《みす》てて恥《は》じないわ——欠点を列挙《れっきょ》していけば、明日の朝までかかりそうなくらいです」

「それはまた——ひどい男もいたものですね。仕事とはいえ、そんな男と力を合わせなければならないのは大変なことでしょう」

「そうなんです——」

手を遮《さえぎ》る木々を薙《な》ぎ払《はら》いながら、『何か』が綾乃たちに急迫《きゅうはく》する。
突然《とつぜん》、庭の木立の奥から爆音《ばくおん》が響《ひび》く。続けて鈍《にぶ》く籠《こ》もった音が響いたかと思うと、行く
綾乃が更に勢《いきお》い込んで、和麻をこき下ろそうとした時のことだった。

「――！」

綾乃は咄嗟《とっさ》に半身になって身構えた。それを庇《かば》うように、貴明は一歩前に出る。指先に
は既《すで》に、呪符が数枚挟《はさ》まれていた。

『何か』は疾風《しっぷう》のごとき速度《そくど》で疾駆《しっく》する。四肢《しし》が力強く地面を蹴《け》り、そのまま速度を緩《ゆる》め
ず貴明に跳《と》びかかろうとする。が、

「ギャンッ！」

貴明の張《は》った結界《けっかい》に弾《はじ》かれ、車に撥《は》ねられたように吹っ飛んだ。

「……誰だ、こいつは？」

訝《いぶか》しげに、しかし決して隙《すき》は見せないまま、貴明は呟《つぶや》く。

そう、それは獣《けもの》のごとく四足で地を駆《か》けていながら、外見は人の形をしていたのだ。し
かもそれは、綾乃がよく知った顔だった。何だか妙《みょう》なものに憑《つ》かれているらしいが――

「……柊くん？」

「お知り合いですか？」

その声を聞きつけ、貴明は驚《おどろ》いたように問いかける。

「学校の後輩《こうはい》です。でもなんで——」

ここにいるのか、と言いかけて、綾乃は頭痛を堪《こら》えるようにこめかみを押さえた。

なんでも何もない。決まっているではないか、あの女の企《たくら》みに。

(由香里……あんた何やった？)

「綾乃さん？」

「——いいえ、何でもありません。ともかく、彼の相手は私がしますので」

「とんでもない、女性に戦わせて、その後ろに隠《かく》れているなど。あなたは僕が守ります」

誇《ほこ》らしげに宣言《せんげん》する貴明を、綾乃は静かに見上げた。

「私は守られたいなんて思っていませんけど？」

貴明に守られることが不満《ふまん》なのではない。誰であろうとそれは同じだ。自分をあらゆる危険から守ってくれる庇護者《ひごしゃ》などは望まない。必要なのは、共に戦う、自分の背中を預《あず》けるに足る相棒《パートナー》なのだ。

綾乃の思いを、貴明は正確に読み取ったようだった。感心したように綾乃を見つめ、即《そく》座《ざ》に如才《じょさい》なく言い直す。

「では、僕に格好《かっこう》をつけさせてください」

その言《い》い様に、綾乃は唇《くちびる》をほころばせた。こういう機転《きてん》を利《き》かせられる人間は嫌《きら》いではない。嫌味《いやみ》にならないよう、わざと格好の悪い言い方をするあたりも好印象《こういんしょう》だった。

快《こころよ》く、綾乃は貴明に見せ場を譲《ゆず》る。

「そこまでおっしゃるのなら、お任《まか》せします。ですが、いちおう知り合いでもありますので、できれば後遺症《こういしょう》は残らないようにしてあげてくださいね？」

「ご安心を。こういうのは陰陽師の我々《われわれ》の得意《とくい》分野《ぶんや》です。傷ひとつつけずに祓《はら》って御覧《ごらん》に入れましょう」

貴明は自信たっぷりに一礼《いちれい》し、太一郎に向き直った。そして、何かを確かめるように目を細め、小さく呟《つぶや》く。

「やはり――しかし、何故こんなことに？」

「何か？」

「彼に憑《つ》いているものなのですが、葛木《かつらぎ》――父の部下が使う式神《しきがみ》によく似ています。おそらくは同一のものかと」

「……つまり、その葛木さんが、彼に自分の式神を憑依《ひょうい》させたと？」

「さて。その割《わり》には制御《せいぎょ》されている感じはしませんが。そもそもそんなことをする理由も見当たりませんし」

困惑《こんわく》の口調《くちょう》で答える貴明。さすがに、太一郎が式神の呪符を握《にぎ》り潰《つぶ》そうとしたために生《しょう》じた『事故《じこ》』だとは気づかない。

専門家《せんもんか》である彼には、そんな無謀《むぼう》な真似《まね》をする人間がいるとは想像もできなかった。言ってみれば、それは安全ピンの抜けた手榴弾《しゅりゅうだん》を摑《つか》み取るにも等しい愚行《ぐこう》なのだから。

「何がどうしてこうなったのかは見当《けんとう》もつかないが、綾乃さんのご友人であるのなら手荒な真似《まね》はしない。優しく祓《はら》ってあげるから、安心して身を委《ゆだ》ねたまえ、少年」

呪符を構《かま》えた手を眼前《がんぜん》に掲《かか》げ、貴明は不敵《ふてき》な笑みを浮《う》かべる。白い歯が陽光《ようこう》を反射《はんしゃ》して、キラリと光り輝《かがや》いた。

さて、その頃《ころ》。

和麻と香久夜《かぐや》は、料亭の屋根の上から貴明と太一郎との戦いを見下ろしていた。

「しっかし、妙な状況だな。俺が手を出すまでもなく騒《さわ》ぎが起きてるし。そもそも結界も張ってないってのはどういうことだ?」

せっかく警告《けいこく》してやったのによ、と不満《ふまん》げにぼやく和麻。もう少し早く来れば派手《はで》な展開が待っていたのだが、既《すで》に太一郎の活躍により、結界を構成《こうせい》する呪符は滅茶苦茶《めちゃくちゃ》に入れ替《か》えられ、まともに機能《きのう》しなくなっている。

もっともそのおかげで、和麻たちは誰にも気取《けど》られることなく侵入《しんにゅう》できたのだが。

で、眼下《がんか》の戦いであるが、さすがは土御門の直系だけあって、貴明はいとも簡単《かんたん》に太一郎に憑《つ》いたものを祓ってみせた。

その技量を讃《たた》えているらしい綾乃の笑顔を見るともなしに見下ろしながら、和麻は雇《やと》い主に問いかける。

「で、これからどうす――」

「あ、あの小娘《こむすめ》、お兄様に近づきすぎです！　あつかましいですわ！　もう許しません！二度とお兄様の前に顔を出せないよう、自殺ものの赤恥《あかはじ》をかかせて差し上げますわ！」

理性をなくしかけた声で、香久夜は命じる。

「八神！　風の刃であの小娘の服を切り裂《さ》いて裸《はだか》に剝《む》いてやりなさい！」

「んー、そういう損害賠償請求《そんがいばいしょうせいきゅう》されそうなことはちょっとな。あの着物高価《たか》いだろ？」

和麻は気の抜けた口調で雇い主の命令を拒絶《きょぜつ》した。香久夜は石化《せっか》しそうな視線で和麻を睨《にら》むが、無論《むろん》、この男はそんなことで態度《たいど》を改《あらた》めはしない。

「……確かに、着物は素晴《すば》らしいものですわね。野卑《やひ》な炎術師《えんじゅつし》の小娘にはまるで不釣《ふつ》り合いですけど」

渋々《しぶしぶ》と、香久夜は命令を撤回《てっかい》した。同時に手品師《てじなし》めいた手つきで、どこからともなく一

枚の呪符を取り出す。が、

「ちなみに、周囲には護衛《ごえい》が八人。死角はないぞ」

呪符を投げたら確実《かくじつ》にバレるぞ、という和麻の忠告《ちゅうこく》に眉《まゆ》をひそめた。

「八神、この場に張《は》っている姿隠しの結界、もうひとつ同時に展開することはできまして？」

「ああ」

現在、和麻は自分たちの周囲に、遮音《しゃおん》だけでなく透明化《とうめいか》の効果《こうか》をも有する結界を張っている。大気密度《たいきみつど》を操作《そうさ》することで光の屈折率《くっせつりつ》を変化させ、結界の外側からは自分たちの姿が見えないようにしているのだ。

その結界をもうひとつ展開することは、彼にとってはそれほどの手間《てま》ではない。

「では、この呪符にそれを——あら、でもそうしたら、私にも見えなくなってしまうのですわよね？」

「当然だな」

「困りましたわね。それではうまく投げることができませんわ」

『どうにかなりませんこと？』と目で問いかけてくる香久夜に、和麻は事もなげに答える。

「場所を指定《してい》してくれれば、俺が風で送ってやるが」

「まあ、気が利《き》きますわね、八神」

臨時《りんじ》の使用人を賞賛《しょうさん》し、香久夜嬢《じょう》は己《おのれ》の雅量《がりょう》を示《しめ》した。

「それにしても、あなた意外と優秀ですのね？　炎術師の家に生まれた風術師なんて全く期待《きたい》してなかったのですけど——腐《くさ》っても神凪、ということなのかしら」

（——多分、褒《ほ》めてるつもりなんだろうな）

相変わらずナチュラルに失礼な台詞《せりふ》を吐《は》く香久夜から呪符を受け取り、和麻は下方に目を戻す。

そして、寄《よ》り添《そ》って歩く綾乃と貴明を感情の読めない眼差《まなざ》しで見つめながら、

「場所は？」

「二人の少し前方、小娘の右横の下生《したば》えにやりなさい」

当然のように命令口調なお嬢様の指示に従《したが》い、和麻は呪符を手首のスナップだけで放り投げた。呪符は風に乗って宙《ちゅう》を舞《ま》い——空気に溶《と》けるように消えていく。

「いいぞ」

和麻の言葉と同時、香久夜は片手で小さく印《いん》を切り、口の中で何かを呟いた。

と、呪符は忽然《こつぜん》と姿を現し、小さな蛇《へび》と化して綾乃の足に絡《から》みつく。

「——きゃっ!?」

足を取られ、体勢《たいせい》を崩《くず》す綾乃。香久夜はここぞとばかりに蛇を大きく跳躍《ちょうやく》させる。当然ながら足を更《さら》に引《ひ》っ張《ぱ》られ、綾乃は自力では立て直しようがないほどに身を傾《かたむ》かせた。

「さあ、顔から地面に突《つ》っ込《こ》んで恥《はじ》を晒《さら》しなさい神凪綾乃！　着物の裾《すそ》もろくに捌《さば》けない粗忽者《そこつもの》と、お兄様に軽蔑《けいべつ》されるがいいわ！」

高らかに、香久夜はいかにも悪役っぽい笑い声を上げた。台詞の割にはセコいいたずらだが——まあ、目的には適《かな》っていると言えるのかもしれない。

そして、確かに香久夜の思惑《おもわく》通り、綾乃は顔から突っ込んだ。——ただし、地面にではなく、貴明の胸の中に。

異変《いへん》に気づいた貴明が素早《すばや》く綾乃の前に回り込み、倒れかけたその身を抱《だ》きとめたのだ。

「な——⁉」

「ほー」

目的と正反対の結果に、驚愕《きょうがく》と怒りの呻《うめ》きを漏《も》らす香久夜と、貴明の見事《みごと》な体捌きに感心する和麻。

そんな二人の視線に気づくこともなく、綾乃と貴明はなかなかいい感じで抱擁《ほうよう》し合っているのだった。

「──きゃっ⁉」

突然、足を紐《ひも》のようなものに絡《から》め取られ、綾乃は狼狽《ろうばい》の叫《さけ》びを上げた。

つんのめる身体。崩れたバランスはもはや立て直しようがなく、転倒《てんとう》を覚悟《かくご》する。

──ぼふっ
だが、激突《げきとつ》の衝撃《しょうげき》は予想外にソフトなものだった。何となく事情を察《さつ》して顔を上げると、至近距離《しきんきょり》で、心配そうな男の顔が自分を見下ろしている。

「綾乃さん、大丈夫《だいじょうぶ》ですか？」

「あ、はい。どうもありがとうございます」

安心させるように笑顔で答えると、貴明の顔にも笑みが戻った。綾乃はもう一度礼を言って身を離《はな》し、足下に目を落とす。

「どうかしましたか？」

「──今、紐か何かに足を引っ張られたような気がしたんですけど」

当然、そんなものは影《かげ》も形もない。

「気のせいだったのかもしれませんね。不調法《ぶちょうほう》なところをお見せしました」

「いえ、とんでもありません。綾乃さんがおっしゃるのなら間違いないでしょう。綺麗《きれい》な庭に見えますが、意外と手入れが行き届《とど》いてないようですね」

薄く唇をほころばせ、綾乃は慎《つつ》ましやかに笑った。

「私の失敗を押しつけられては、真面目《まじめ》に働いていらっしゃる庭師の方が可哀想《かわいそう》です。はしたない小娘と笑ってくださってもいいんですよ?」

「それこそとんでもないことです。あなたを笑うなどと」

貴明は真面目くさった顔でそう言うが、不意《ふい》に悪戯《いたずら》っぽく片目を瞑《つむ》り、

「それに、今のは正直、ちょっと役得でしたからね。何ならまた転んでください。僕が何度でも受け止めてあげますから」

「あら、セクハラですよ、その発言」

同じく冗談《じょうだん》めかした物言《ものい》いで、綾乃は突っ込む。そして、二人はしばし見つめ合い――同時に小さく吹き出した。

「まあ、冗談はともかく、もうしばらくお付き合い願えますか?」

「ええ、喜んで」

陰《かげ》りのない笑顔で、綾乃は貴明の提案《ていあん》を受け入れたのだった。

「……く……ぐ……こ、小娘ぇ……」

「…………」

美女が鬼女《きじょ》にリアルタイムで変化《へんげ》していく様相《ようそう》から目を背《そむ》けるように、和麻は眼下《がんか》の光景《こうけい》に視線を向けた。

目に映《うつ》るものは、並んで歩くひと組の男女――綾乃と貴明の姿。だが、手をつないで身を寄せ合うその雰囲気《ふんいき》は、数分前よりも明らかに親密《しんみつ》さの度合《どあ》いを増している。

その理由は、偏《ひとえ》に和麻の隣《となり》で怒り狂う女にあった。

綾乃に恥をかかせ、二人の仲を引き裂《さ》かんと、陰陽道《おんみょうどう》の秘術《ひじゅつ》を駆使《くし》してセコいいたずらをしかける土御門香久夜。しかし、幾度《いくど》となく失態《しったい》を晒しかける綾乃を、貴明は常《つね》にそつなくフォローして難《なん》を逃《のが》れさせた。

その結果《けっか》――

「なんつーか、お前がちょっかいかける度《たび》に二人の距離が縮《ちぢ》まっていくみたいだな。実はそれが狙《ねら》いだとか？」

「そんなはずが……ないでしょう……」

押し殺した声で、香久夜は答える。金切《かなき》り声で怒鳴《どな》ったりしない分、いっそう余裕《よゆう》のなさが露呈《ろてい》していて、一触即発《いっしょくそくはつ》な雰囲気を醸《かも》し出していた。

「……お、おのれぇぇ……人が甘《あま》い顔をしているのをいいことにぃ……」

「してないしてない。鏡《かがみ》見るか？」

「お黙《だま》りなさい！」

般若《はんにゃ》のごとき形相《ぎょうそう》で、香久夜は命じた。そして、血走った目で眼下に歩む綾乃を睨《にら》み――にぃぃ、と鬼も裸足《はだし》で逃げ出すような笑みを浮かべる。

「よろしいですわ……あなたがどうしても退《ひ》かないとおっしゃるのなら、私も相応《そうおう》の手段《しゅだん》で応《こた》えましょう。……怨《うら》まないでくださいまし、ね？」

底冷えのする声音《こわね》で囁《ささや》きながら、取り出したるはひと振《ふ》りの短刀。その内に宿《やど》る壮絶《そうぜつ》な力に、和麻は思わず顔を引きつらせた。

「……おい、それは？」

「土御門には、強力すぎて制御《せいぎょ》できず、秘蔵《ひぞう》されている式神《しきがみ》が二体あります。これに封《ふう》じられしものはそのひとつ。

その名を――後鬼《ごき》」

「って待てぇ！」

さすがに顔色を変え、和麻は叫んだ。

「後鬼ってあれか⁉　まさか晴明《せいめい》が使ってたっていう式神か⁉　そんなもん制御もできないのに解放《かいほう》してどうする！　大惨事《だいさんじ》だぞ！」

千年の昔、平安の世にその名も高き陰陽師、安倍《あべの》晴明。彼が式神として使役《しえき》していたという二匹の鬼を、前鬼《ぜんき》、後鬼という。

さすがに日本で最も有名な陰陽師の式神だけあって、並の式神とは桁《けた》どころか次元《じげん》が違う力を誇り、その霊格《れいかく》は神にも等しかったとさえ伝えられているのだが——

「大丈夫《だいじょうぶ》ですわ」

妙にきっぱりと、香久夜は言い切った。

「式神として使役はできませんが、我《わ》が祖《そ》、晴明公は、子孫のために後鬼にひとつの命令を残しています。土御門の血を引く者の願いに七度《たび》応え、力を貸《か》すように、と」

「実例《じつれい》はあるのか？」

「これまでに三度ほど。効果《こうか》と威力《いりょく》は証明済《ず》みです。問題はありません」

「……できれば安全性も証明してほしいんだがな」

ぼやきにも似《に》た和麻の呟《つぶや》きは、嫉妬《しっと》に狂《くる》った女の耳には届かなかったようだった。

「晴明公の名において、出でよ後鬼！　土御門に仇《あだ》なす淫婦《いんぷ》を、その力もて骨《ほね》も残さず殲《せん》滅《めっ》するのです！」

高らかに叫び、香久夜は短刀を抜き放った。白刃《はくじん》が陽光に煌《きら》めき、眩《まば》ゆい光と莫大《ばくだい》な力とを辺りに振《ふ》りまく。

そして——その力は、庭の一点に明確《めいかく》な形を持って凝り始めた。

「うわ、ほんとーに本物かよ」

嫌《いや》そうに呻《うめ》く和麻の眼前《がんぜん》で、一体の鬼が顕現《けんげん》した。岩を削《けず》り出したように無骨《ぶこつ》で雄偉《ゆうい》な三メートル強の体軀《たいく》。額《ひたい》からは一本の長大な角《つの》をそびえ立たせ、真紅《しんく》の凶眼《きょうがん》は禍々《まがまが》しい光を放ち、天空を睨む。

「な……なに⁉」

「これは——！」

驚愕の叫びを上げる綾乃と貴明に、後鬼はその絶大《ぜつだい》な力を叩《たた》きつける——かと思いきや。

「ガアアアアアアアアアアアアッ‼」

大地を揺《ゆ》るがす咆吼《ほうこう》と共に、庭の木を手当たり次第《しだい》に薙《な》ぎ倒し始めた。

「——あら？」

「おい」

不思議《ふしぎ》そうに小首を傾《かし》げる香久夜に、和麻は突っ込む。

「全く制御《せいぎょ》されてないように見えるのは気のせいか？」

「おかしいですわね。こんなはずはないのですけど」

「悠長《ゆうちょう》に言ってる場合じゃねえだろ。原因は分からないのか？」

「見当もつきません。伝承《でんしょう》が間違っているとは思えないのですけど——」

それについては和麻も同感だった。制御できない怪物級《かいぶつきゅう》の式神を、いざという時の切り札にしろなどと子孫《しそん》に書き残すはずがない。まさか、土御門の滅亡《めつぼう》を望んでいたわけでもないだろう。

（なら、他に要因《よういん》があるのか？　なんだ——？）

周囲《しゅうい》の様子を探る。風の声に耳を傾《かたむ》け、わずかな異変《いへん》も見逃《みのが》さないように——

「——あ？」

不意に気づいた。この料亭は、妙な『場』に包《つつ》まれている。結界のようで結界でない、不安定で不完全で歪《いびつ》な『場』。

たとえるならば、途中計算《とちゅうけいさん》を間違えたのに、その後の計算をもう一度間違えてしまったため、偶然《ぐうぜん》、答えだけは正しく成り立ってしまった方程式のような——そんな歪《ゆが》んだ術式《じゅつしき》で構成《こうせい》された空間が料亭を包んでいるのだ。

「これか？」

和麻は再び周囲を精査《せいさ》する。庭に張り巡《めぐ》らされた無数《むすう》の呪符が『場』を構成していることが分かった。

符の種類からして陰陽道の術であることは間違いなさそうだが——その方面には素人《しろうと》に近い和麻から見ても、明らかに呪符の配置《はいち》が滅茶苦茶《めちゃくちゃ》だった。

(なんだこりゃあ?)

まるで素人仕事のような出鱈目《でたらめ》さに、和麻は呆然《ぼうぜん》とした。まさか術者が酔《よ》っぱらっていたのか――あるはずのない可能性《かのうせい》さえ、一瞬《いっしゅん》、本気で検討《けんとう》する。

和麻は知らない。自分たちよりも早く潜入《せんにゅう》を果《は》たしていた太一郎が、由香里の指示《しじ》によって呪符の配置を入れ替《か》えていたことを。その行為《こうい》が天文学的《てんもんがくてき》な確率《かくりつ》によって、術を無効《むこう》化《か》するのではなく、通常《つうじょう》ではありえない形に歪める結果になってしまったことを。

偶然に次ぐ偶然の連鎖《れんさ》が、誰も予想しなかった異常事態《いじょうじたい》をもたらしてしまったことを。

「何か分かりましたの?」

問いかけてくる香久夜に、和麻は自分の推論《すいろん》を話した。香久夜は驚愕《きょうがく》の面持《おもも》ちでそれを聞いていたが、眉《まゆ》をひそめてかぶりを振る。

「まさか、ありえませんわ。並《なみ》の式神ならともかく、後鬼は神にも等しいと言われるほどの高位存在です。人間の術で狂うことなど」

「確かに後鬼そのものはどうにもならんだろうが、それを制御してるのは千年前の命令《コマンド》ひとつだろ? それくらいならバグることもあるかもしれん」

後鬼に与えられた命令は、安倍晴明の――即《すなわ》ち土御門の源流《げんりゅう》とも言うべき術によるものだ。故《ゆえ》に、同じ土御門の術を歪めたものである『場』に影響《えいきょう》を受けて暴走《ぼうそう》する可能性も、絶無《ぜつむ》であるとは言い切れない。

「…………」

間髪《かんはつ》入れずに返された反論《はんろん》に、香久夜は沈黙《ちんもく》した。それはつまり、和麻の説《せつ》を否定《ひてい》する材料がなくなったということだ。

「あれを封《ふう》じ直す方法は？」

和麻の問いにも、香久夜はやはり答えない。沈黙の意味は考えるまでもなかった。

「じゃ、しょうがねえ。ぶっ殺すか」

「な──それこそ不可能《ふかのう》です！　人間に敵《かな》う相手ではありません！」

「お前に手伝えとは言ってねえよ。──ああ、それよこせ」

後鬼を封じていた短刀を、和麻は鞘《さや》ごと奪《うば》い取る。刃を鞘に収《おさ》めようとするが──何故か入らない。

「──ふん」

短刀と鞘を、それぞれズボンのベルトに挟《はさ》んで固定すると、和麻はひょいと気負いなく屋根から飛び降《お》りた。

「ああもうっ！　どうしろってのよこんなの！」

暴走する後鬼と渡り合いながら、綾乃はたまりかねたように叫んだ。できることならば逃げ出してしまいたかったが、それは状況《じょうきょう》が許さない。

料亭の中には重悟《ちち》がいるのだ。既《すで》に避難《ひなん》している可能性もあるが、確認《かくにん》できない以上、いるものとして対処《たいしょ》するしかない。

つまり、後鬼が料亭を標的《ひょうてき》にしないように引きつけ、更《さら》には互いの攻撃《こうげき》が料亭の方角に向かないようにまで注意をしながら戦わなくてはならないということだ。

しかし、相手は伝説に名を残すほどの怪物である。綾乃ひとりでは、あまりにも荷が重すぎた。

正確にはひとりではなく、後方で貴明が援護《えんご》らしきことをやってはいるのだが——正直あまり役に立っていない。

だが、それは当然のことなのだ。詳《くわ》しい話を聞く暇《ひま》はなかったが、あれが土御門の最終兵器であることは綾乃も理解《りかい》できた。ならば、それ以下の術しか使えない貴明が、後鬼に対抗《たいこう》できるはずもない。

(……っくぅ……でも……これじゃ……)

暴風《ぼうふう》のごとき攻撃を捌《さば》きながら、綾乃は胸中《きょうちゅう》で呻《うめ》く。ただでさえ途轍《とてつ》もない強敵だというのに、制約が多すぎた。このままでは確実に押し切られる。

（せめて、五秒でいいから時間を稼《かせ》げれば……）

力を溜《た》める『間《ま》』が欲しい――切実《せつじつ》に思ったが、それは貴明に死ねと言うのも同じことだ。いくら原因が向こうにあるらしいとは言え、そんな要求《ようきゅう》ができるはずもない。

しかし、その時。

「え――？」

風が緩《ゆる》やかに渦《うず》を巻き、戯《たわむ》れるように髪《かみ》を嬲《なぶ》って吹き抜けていく。綾乃は一瞬《いっしゅん》、大きく目を見開き、そして――閉ざした。

「綾乃さん⁉　無茶《むちゃ》です！」

炎雷覇《えんらいは》を肩に担《かつ》いだ、明らかに大技を打つ体勢《たいせい》に入った綾乃に、貴明は悲鳴《ひめい》に近い声で叫んだ。慌《あわ》てて駆《か》け出すが、どう考えても間に合いそうにない。

そして、貴明が危惧《きぐ》した通り、後鬼は静止《せいし》した綾乃に襲《おそ》いかかった。力を溜める時間など、五秒はおろか一秒さえも許さずに――

――斬《ざん》っ！

豪腕《ごうわん》を振《ふ》り下ろそうとした瞬間《しゅんかん》、上空から降《ふ》り注《そそ》いだ風の刃に全身を斬《き》り裂《さ》かれた。

後鬼は体液《たいえき》と絶叫《ぜっきょう》とを撒《ま》き散《ち》らして苦悶《くもん》する。もっとも傷そのものはいずれも浅く、命を失うには遠いのだが――

それでもやはり、それは致命傷《ちめいしょう》だった。刻《きざ》まれた傷ではなく、結果的に与えてしまった数秒の『間』が。

かっ、と目を見開き、綾乃は炎雷覇を握《にぎ》る手に力を込める。刃の放つ炎が爆発的《ばくはってき》に熱量《ねつりょう》を増《ま》した。

渾身《こんしん》の力を込めて、炎纏《まと》う刃を振り下ろす。敵は目前。狙《ねら》いをつける必要もなく――

「はああああああっ！」

ほとばしる黄金のプラズマは、後鬼の巨体を瞬時《しゅんじ》に炎上《えんじょう》させた。

「――――――――――‼」

黄金の炎に包《つつ》まれて、後鬼は天を仰《あお》いで絶叫《ぜっきょう》する。しかし、その叫びさえ炎に呑《の》まれ、空気を震《ふる》わせることも叶《かな》わない。

更に駄目《だめ》押しとばかりに、上空から再び風の刃が降り注いだ。幾百《いくひゃく》の刃は、前回と異《こと》なり全てが必殺《ひっさつ》。人形《ひとがた》の炎と化した鬼の身体《からだ》を、刹那《せつな》の抵抗《ていこう》も許さず寸断《すんだん》していく。

そして――

「いよっ、と」

気の抜けたかけ声と共に、ひとりの男が後鬼の残骸《ざんがい》の上に着地を決めた。同時に落下の勢《いきお》いを乗せて、辛《かろ》うじて原型《げんけい》を留《とど》めていた後鬼の頭部に、手にした短刀を突き立てる。

燃やされた上に寸刻《すんきざ》みにされた後鬼の身体は、その短刀に吸《す》い込まれるようにして消えていった。

「ま、伝説級の式神だろうと、不意をつけばこんなもんだな」

薄く嗤《わら》い、男——和麻は短刀を鞘《さや》に収める。チン、と涼《すず》やかな音が、戦いの終わりを告げる合図《あいず》のように虚空《こくう》に響いた。

「——で、なんであんたがここにいるの?」

綾乃は腰《こし》に手を当てて、いきなり現れて美味《おい》しいところを奪《うば》っていった男を睨《にら》みつけた。

「ああ?」

和麻は意外《いがい》そうに眉《まゆ》をひそめ、『言ってなかったのか?』という風に、少し離《はな》れた場所に立っている貴明に目をやる。

しかし、貴明は敵愾心《てきがいしん》に満ちた一瞥《いちべつ》を向けた後、きっぱりと和麻の存在を黙殺《もくさつ》した。

冷ややかな空気が二人の間を漂《ただよ》う。綾乃はそんな二人を交互《こうご》に見やり、不思議《ふしぎ》そうに問いかけた。

「何がどうなってるの?」

「気にするな。過ぎたことだ」

綾乃の疑問《ぎもん》を軽く受け流し、和麻は思い出したように言う。

「そういえば宗主《そうしゅ》は――この分だと無事《ぶじ》っぽいな」

綾乃の奮戦《ふんせん》の甲斐《かい》あって、庭はともかく建物の損傷《そんしょう》は軽微《けいび》だった。仮にまだ中にいたとしても、これならば問題はないだろう。

次いで屋根の上に目を向ける。香久夜の姿は既《すで》になかった。どうやら責任《せきにん》の追及《ついきゅう》を恐れて逃げ出したようだ。

だが、それは彼の知ったことではなかった。誰にどう責任を取らせるかは、神凪と土御門が考えればいいのだ。後金の払《はら》いまでばっくれようというなら相応《そうおう》の礼はくれてやるが、でなければ香久夜が地の果てまで逃げようと興味《きょうみ》はなかった。

重要なことは、この場から元凶《げんきょう》が去ったため、これ以上の騒動《そうどう》が起きる可能性がなくなったということである。それを認識《にんしき》すると、和麻はようやく警戒《けいかい》を解《と》き、綾乃に向き直る。

「よくひとりで頑張《がんば》ったな、偉《えら》いぞ」

『ひとりで』のくだりで貴明が殺気まじりの視線で睨みつけてきたが、完全に無視《むし》。綾乃を珍《めず》しく率直《そっちょく》に賞賛《しょうさん》し、頭まで撫《な》でてやったのだが、これは気に入らなかったらしく乱暴《らんぼう》に手を払いのけてくる。

「頭撫でるなっ、子供じゃないんだから！」

「ん？　もーちょっと大人向けの対応《たいおう》の方がいいか？　こんな感じで」

「うぎゃあああっ⁉」

いきなり抱《だ》き締《し》められ、綾乃は真っ赤になって奇声《きせい》を上げる。和麻はその反応を楽しみながら、そのうえ更《さら》に、

「で、後は祝福《しゅくふく》のキスでもしてやるとか」

「いやあああっ！　離《はな》せえええええっ！」

もがく綾乃。しかし、和麻は当然離さない。

「おい、君――」

そのセクハラか性的暴行《せいてきぼうこう》にしか見えない光景《こうけい》に、貴明は騎士道精神《きしどうせいしん》を発揮《はっき》して止めに入ろうとするが――一歩を進んだところで足を止めた。

自分と一緒《いっしょ》にいた時の、綾乃の反応を思い出す。転びかけたところを抱きとめても、好意を隠《かく》さず言い寄《よ》っても、綾乃は拒否《きょひ》せず、照《て》れもせず、笑顔で接してくれていた。

それに比《くら》べ、今の彼女は――

（まいったな……）

勘違《かんちが》いをしていたことを、貴明は悟《さと》らざるを得《え》なかった。おそらく、自分があんな風に抱き締めても、彼女は今のように怒らず、柔《やわ》らかく笑ってたしなめることだろう。

だがそれは、決して自分に心を許しているからではなく、むしろ——

「君——八神くん」

「ああ？」

呼びかける貴明に、和麻は煩《わずら》わしげな目を向けた。抱き締められたままの綾乃も、肩越《ご》しに振《ふ》り返って背後《はいご》を見る。

二人の視線を受け止めて、貴明は昂然《こうぜん》と名乗りを上げた。

「一応《いちおう》、自己紹介《しょうかい》をしておこう。僕の名は土御門貴明。今日、綾乃さんと見合いをした——これからも綾乃さんと親しくお付き合いをさせてもらう者だ」

「——ほほう？」

挑戦状《ちょうせんじょう》を叩《たた》きつけたにも等しい貴明の言葉を、和麻は正しく理解《りかい》した。身の程《ほど》知らずな敵に不敵《ふてき》で獰猛《どうもう》な笑みを向け、見せつけるように綾乃をいっそう強く抱き締める。

「どうだ、いいだろう」

「…………」

『最低です』——貴明は、綾乃が言った和麻の人格に対する評価を思い出した。どうやら綾乃の方は本心ではなかったようだが、それが紛《まぎ》れもない事実であることを彼は確信する。

「また会うことになるだろうから、今後ともよろしく、と言っておこうか。——言うまで

もなく社交辞令《じれい》だが」

「別に俺は二度と会わなくても構《かま》わないぜ？」

互《たが》いに非好意的《ひこういてき》な視線を交《か》わし合い、二人は初対面《しょたいめん》の挨拶《あいさつ》を完了《かんりょう》させる。

この瞬間《しゅんかん》から、綾乃を巡《めぐ》る男たちの戦いが始まった——かどうかは定かではないが。

すべては愛のために【その後】

それは、見合いから数日がすぎたある日のことだった。

いつものように和麻《かずま》と共に仕事をし、いつものように何もしなかった和麻を怒鳴《どな》りつけ、いつものように食事を奢《おご》らせようとしてレストランに入り、食前酒が運ばれてきた頃、

「やあ、綾乃《あやの》さん。奇遇《きぐう》ですね」

嬉《うれ》しそうに弾《はず》んだ声が綾乃の注意を引きつける。振《ふ》り返った瞳《ひとみ》に映《うつ》ったものは、先日知り会ったばかりの二十代半ばの男の姿《すがた》。意外な出会いに、彼女は大きく目を瞠《みは》った。

「——貴明《たかあき》さん？」

そこには、陰陽道《おんみようどう》の名家、土御門《つちみかど》家の次男坊にして、綾乃の見合い相手である——いちおう現在進行形——土御門貴明が、爽《さわ》やかな笑みを浮かべて立っていたのだ。

貴明は綾乃だけをまっすぐに見つめ、真摯《しんし》な口調で申し出る。

「ここで会ったのも何かの縁《えん》。お邪魔《じゃま》でなければ同席させていただきたいのですが」

「え……えっと……」

戸惑《とまど》いを込めて、綾乃は和麻に目を向ける。

和麻は白《しら》けきった半眼《はんがん》で貴明を見据《みす》えた。

「あくまでも偶然《ぐうぜん》だと言い張《は》るつもりか？」

「いや、もちろん君たちに会いに来たんだが」

あっさりと前言を翻《ひるがえ》す貴明。それでも晴れやかな笑顔に一片の曇《くも》りもない辺りは見事《みごと》だった。

「――君たち？」

二人に用がある、という言葉に、和麻はわずかに眉《まゆ》をひそめる。しかし、貴明はそれには答えず、

「座《すわ》ってもいいかな？」

「……お前には奢らねえぞ」

婉曲《えんきょく》な許可を得《え》て、貴明は二人と同じテーブルに着いた。――当然のように綾乃の隣《となり》に。

「で、用件ってのは――」

「綾乃さん、ご都合《つごう》がよろしければ今度の日曜ぅお!?」

席に着くなり綾乃を口説《くど》き始めた貴明に、和麻は迷《まよ》いなく風の礫《つぶて》を叩《たた》き込んだ。額《ひたい》に痛《つう》撃《げき》を受け、貴明は大きく仰《の》け反《ぞ》って椅子《いす》から転げ落ちかける。

「綾乃にコナかけるのが目的なら帰るぞ、俺は」

「帰る？　僕と綾乃さんを二人きりにしても構《かま》わないということかい？」

回避《かいひ》や防御《ぼうぎょ》はおろか、命中するまで気づくこともできなかった神速《しんそく》の一撃《いちげき》への戦慄《せんりつ》を押し隠《かく》し、貴明は懲《こ》りずに挑発《ちょうはつ》を続けた。

しかし、和麻は動揺《どうよう》の素振《そぶ》りも見せずに言い放つ。

「勝手にしろ。俺の知ったことか」

途端《とたん》、綾乃は不満《ふまん》げに眉を跳《は》ね上げた。

その分かりやすい反応《はんのう》に、貴明は思わず苦笑する。が、それはそれとして、せっかくの好機《こうき》を見逃《みのが》す手はなかった。

「そうか、では帰りたまえ。話は後で綾乃さんに聞くといい」

「ああ。そんじゃ綾乃、今日はそいつに奢ってもらえ」

「待ちなさい、あんたは」

綾乃は貴明の前を横切るように手を伸《の》ばし、和麻のジャケットの裾《すそ》を摑《つか》んだ。

「子供みたいなこと言わないで座《すわ》りなさい。貴明さんも、私たちに話があるんでしょう？」

「まあ、確かに」

綾乃に言われ、貴明は速《すみ》やかに前言を翻《ひるがえ》す。

「というわけで、ぜひ君にも話を聞いて欲しい。座ってもらえないかな？」

「…………」

心から面倒臭《めんどうくさ》そうな顔で、和麻は席に戻《もど》った。そして、どっかりと腰《こし》を下ろして足を組み、煙草《たばこ》をくわえて火をつける。深々《ふかぶか》と煙《けむり》を吸《す》い込み、思い切り横柄《おうへい》な口調で言い渡した。

「手短《てみじか》に言え」

「――――」

あまりにも傲岸不遜《ごうがんふそん》な態度《たいど》に呆《あき》れ、貴明は問いかけの視線《しせん》で綾乃を見る。

綾乃は『こういう奴《やつ》なんです』と言うように、無言《むごん》で肩をすくめてみせた。

その雄弁《ゆうべん》な仕草《しぐさ》で文句《もんく》を言うだけ無駄《むだ》だと悟ったのか、貴明は何事《なにごと》もなかったように話を始める。

「……君たちに話しておかなければならないことがある。他でもない、僕の妹、香久夜《かぐや》に関してのことだ」

「香久夜さんって――」

綾乃はちらりと和麻を見やった。

見合いの当日は何も知らなかった彼女だが、今は香久夜が何を目論《もくろ》み、何をしでかしたか、ひと通りのことは聞き知っている。

同じことを考えたのか、和麻は不快感《ふかいかん》も露《あら》わに眉をひそめた。

吐《は》き捨《す》てるように言う。

「……あの電波《でんぱ》小娘《こむすめ》には、二度と関《かか》わりたくないんだがな」

「言い方は多少気になるが、君の意見には全面的に賛意《さんい》を表するよ。僕も、妹を君などに関わらせたくはない。──だが、香久夜の方はそうは思っていないらしくてね」

「──と言うと？」

ぴくりと眉を跳《は》ね上げ、どこか不穏《ふおん》な表情で続きを促《うなが》す綾乃。あるいは、ライバルが増えるとでも思ったのだろうか。

「先日の一件、あれはさすがにやりすぎだった。いくら香久夜でも無罪放免《むざいほうめん》とはいかず、謹慎処分《きんしんしょぶん》となっていたんだが」

ちなみに『やりすぎ』とされたのは、料亭《りょうてい》で破壊《はかい》の限りを尽《つ》くしたことでも、神凪宗家《かんなぎそうけ》の娘に喧嘩《けんか》を売ったことでも（これは多少はある）ない。

彼女が非難《ひなん》された最大の要因は、土御門の切り札である、七度だけ使用を許された安倍《あべの》晴明《せいめい》の式神《しきがみ》、後鬼《ごき》を私事《わたくしごと》で用《もち》いたことだった。

だが、その辺りの事情は説明せず、貴明は続ける。

「昨日、逃亡《とうぼう》してね」

「……何で、きっちり繋《つな》いどかねえんだよ」

さらりと告げられた事実に、和麻は苦々しく呻《うめ》いた。が、貴明は耳に入れた様子もなく、

「というわけで綾乃さん、香久夜はおそらくあなたを狙《ねら》っています。くれぐれも身の回りに注意してください」

「——はあ」

戸惑《とまど》いがちに頷《うなず》く綾乃。そしてまた、ちらりと和麻を見る。

「一応、お話は分かりましたが——それが和麻に何の関係が？」

「ああ、それは心底《しんそこ》どうでもいい話なのですが、香久夜は彼も恨《うら》んでいるらしいのです」

「……なんでだ？」

「香久夜が放った後鬼を倒したのは君だろう？　君がいなければうまくいっていた、と考えることは不自然じゃない」

「『うまくいって』綾乃が死んでたら、さすがに宗主が黙《だま》ってなかったと思うぞ」

「——まあ、それは確かに」

貴明は、和麻の当然の突っ込みには同意を示すものの、自分の妹がそれで納得《なっとく》する性格ではないことも知悉《ちしつ》していた。

「香久夜はいつもは聡明《そうめい》なんだが、たまに理屈《りくつ》が通じなくなることがあってね」

「ほー、あの女に理屈が通じる時があるのか？　そいつは新鮮《しんせん》な驚《おどろ》きだな」

「…………」

名家の若君《わかぎみ》を前にしても、和麻の減《へ》らず口は変わらない。貴明は、一瞬、不愉快《ふゆかい》そうにこめかみを引きつらせたものの、すぐに平静《へいせい》を装《よそお》って話を続けた。

「とにかく妹は、僕に近づく女性を無条件《むじょうけん》に排除《はいじょ》しようとする傾向《けいこう》がある。その度《たび》にきつく叱《しか》ってはいるんだが、どうにも止まらなくてね」

「……ふと思ったんだが」

和麻は苦い口調で語る貴明を、次《つ》いで綾乃を見つめ、思いついたように言う。

「術者の名家では『娘の教育には失敗しなければならない』とかゆー掟《おきて》でもあるのか？」

「どういう意味よ、それっ⁉」

「特に深い意味はないが。まーとにかく、俺は土御門のお嬢様《じょうさま》だろうと、刃《やいば》を向けてくるなら容赦《ようしゃ》はしない。妹の命が惜《お》しいなら、早いとこ捕《つか》まえて頑丈《がんじょう》な檻《おり》にでも入れておくんだな」

そう言って、和麻は再び席を立った。

「ちょっと待ちなさい、和麻！」

すったか歩いていく和麻を小走りに追いかけながら、綾乃は叫《さけ》んだ。

振《ふ》り返る和麻の顔に、驚愕《きょうがく》や疑問《ぎもん》の色は全く見受けられない。しかし、それでも彼は、

「どーした、綾乃？」

口調だけは訝《いぶか》しむように、そんな言葉を投げかけてくるのだった。

ずかずかと、そらっとぼけた顔に頭突《ずつ》きを叩《たた》き込めるほどに距離《きょり》を詰《つ》め、綾乃は和麻を睨《にら》みつける。

「なに一人で帰ってんのよ、あんたは」

「何か問題でも？」

「夕食奢《おご》ってくれる約束でしょ」

「土御門がいるだろ？」

「あんたでなければ意味ないでしょうが！」

勢《いきお》いに任《まか》せて叫んだ直後、綾乃は微《かす》かに頬《ほお》を染《そ》めた。しばし目を泳がせ、何かを取り繕《つくろ》うように言葉を付け足す。

「そ、その……働きもしないで報酬丸儲《ほうしゅうまるもう》けなんて許さないんだからね」

「そんなこと言ってもな」

しかし、和麻はその怪《あや》しい態度《たいど》には言及《げんきゅう》せず、投げ遣《や》りに肩をすくめてみせる。

「お前ら二人が仲良くしてるとこになんか居合《いあ》わせたくないぞ、俺は」

意外な言葉に、一瞬、綾乃の胸が高鳴《たかな》った。

「——ど、どういう意味よ？」

それでも必死《ひっし》で平静《へいせい》な風を装い、尋《たず》ねる。

対して、和麻は真顔《まがお》で言い放った。

「考えてもみろ。もし、そんな現場をあの妹が見たりしたら、間違いなくキレて周りの迷《めい》惑《わく》なんか気にもかけずに暴《あば》れ出すぞ。俺はそんな災厄《さいやく》に巻き込まれたくない」

沈黙《ちんもく》。

「——だから、一人で逃げ出したわけ？　あたしを見捨《みす》てて」

数秒の時を経《へ》て、綾乃は抑揚《よくよう》のない声で問いかける。

「おう」

頷《うなず》きは打てば響《ひび》くように返ってきた。堂々とした、一片の後ろめたさもありませんって顔を長々と見つめながら、燃え上がる殺意を解《と》き放つべきかを思案《しあん》する。

「……行くわよ」

人目もあるし、取り敢《あ》えず我慢《がまん》した。その分、可能な限り高価《たか》い店で奢らせてやると決意して、押し殺した宣告《せんこく》と共に歩き出す。

これでついてこなければ、今度こそ爆発《ばくはつ》していたことだろうが、和麻は速《すみ》やかに綾乃の隣《となり》に並んだ。

「言っとくけど、あたしは貴明さんと結婚するつもりはないからね」

「そうか」

一応、まさか勘違《かんちが》いはしていないと思うが念《ねん》のため、万が一の確認を込めて言ってみる。

だが、和麻からは気のない相槌《あいづち》が返ってくるだけだった。

綾乃は微《かす》かに頬を膨《ふく》らませながら、しつこく続ける。

「それにしても、香久夜さんには困りものよね。あたしは貴明さんのことを好きなわけじゃないのに」

「兄貴が絡《から》むと理性が利《き》かなくなるらしいからな。それに、客観的《きゃっかんてき》に見るなら結婚の可能《かのう》性《せい》は低くない。神凪と土御門が縁戚《えんせき》関係になることは、どっちの家にとっても旨味《うまみ》のある話だからな」

故に、ブラコンの妹が危機感《ききかん》を覚えても無理《むり》はない——そんなことを他人事《ひとごと》のように気軽に言う和麻に、綾乃は語気《ごき》を強めて返す。

「だから！　あたしはその気はないって」

「他人には分からんさ、お前の気持ちなんかは。ま、香久夜に会ったら言ってみることだな。――無駄だろうけど」

「…………」

和麻の態度《たいど》はどこまでも素《そ》っ気《け》ない。

綾乃はその涼《すず》しげな顔を拗《す》ねの入った目で見上げ――不意《ふい》に、和麻の腕《うで》に手を伸ばした。そのまま身体《からだ》を密着《みっちゃく》させるように腕を抱《かか》え込み、おずおずと切り出す。

「じ、じゃあさ、あたしに恋人がいると思わせれば、香久夜さんも無茶《むちゃ》なことはしなくなるかも」

「恋人？　俺がか？」

「ふ、フリよあくまでフリだけっ。あたしは理想《りそう》高いんだからっ！」

眉をひそめた和麻に、綾乃は顔を赤くして叫んだ。が、それでも絡《から》めた腕は放さない。

「――まあ、別にどうでもいいが、見てないとこでやっても意味はないだろ」

「式神で監視《かんし》してるかもしれないじゃない」

「それに俺が気づかないとでも？」

気負《きお》いのない言葉に宿る絶対《ぜったい》の自信。探査能力《たんさのうりょく》に優《すぐ》れた風術師《ふうじゅつし》、その頂点《ちょうてん》に君臨《くんりん》する男の言葉に反論《はんろん》できず、綾乃は口ごもった。

――が。

和麻は不意に、綾乃の腰《こし》に腕を回した。そのまま身体《からだ》ごと引き寄《よ》せる。

「ひゃっ⁉」

これまで以上に密着度が高まり、綾乃はさすがに狼狽《ろうばい》した。思わず悲鳴《ひめい》を上げかけるが、和麻は目配《めくば》せひとつで黙《だま》らせる。

そして、耳元で囁《ささや》いた。

「騒《さわ》ぐな――ビンゴだ」

「――え？」

一瞬の戸惑いの後、綾乃はその意味を理解《りかい》した。瓢箪《ひょうたん》から駒《こま》とでも言うのか、どうやら本当に、どこからか香久夜がこちらを見ているらしい。

二人は寄り添《そ》ったまま、ゆっくりと歩き始めた。綾乃は周囲の気配《けはい》を探るが、特に異常《いじょう》は感じられない。まあ、元々《もともと》炎術師はそうした方面には鈍感《どんかん》な上、精神状態《せいしんじょうたい》も平静とは言い難《がた》かったため、よほど大きな変異《へんい》でもなければ感じ取れるものではなかったのだが。

「う……歩きにくい」

「我慢《がまん》しろ。あと百メートルかそこらだ」

台詞《せりふ》だけは嫌《いや》そうに呟《つぶや》いた綾乃に、和麻は素《そ》っ気《け》なく返す。

「え——？　どういう——」

問い返そうとして、綾乃は周囲《しゅうい》の異常に気づいた。

今の二人は、歩行に不自由を感じるほどべったりと身体を密着させた、傍《はた》から見ればバカップルそのものの雰囲気《ふんいき》を醸《かも》し出している。

当然、周囲からは嫉妬《しっと》や非難《ひなん》の視線《しせん》が痛いほどに向けられていた。

なのに、その視線が急速に減少《げんしょう》している。二人の存在《そんざい》が、他者の注意を引かなくなってきているのだ。明らかに不自然な速度で。

「これって……結界？」

「そうだな。隔離《かくり》、そして誘導《ゆうどう》——遁甲陣《とんこうじん》の応用《おうよう》か？　さすがは腐《くさ》っても土御門、なかなかやる」

「誘導——？」

つまり、空間的、あるいは心理的《しんりてき》に自分たちの存在を周囲から切り離《はな》し、その上で特定《とくてい》の方向にしか移動《いどう》できないよう、こちらの行動《こうどう》を限定《げんてい》してきているのだ。

ふと正面を見ると、数十メートル先に小さな公園があった。和麻の言葉と照《て》らし合わせるなら、敵はそこに自分たちを誘《おび》き寄せようとしているのだろう。

綾乃は和麻を見上げて囁きかけた。

「破《やぶ》れないの？」

「破ってどうする？」

呆《あき》れたように、和麻はそう返す。言われてみればその通りだった。逃げても何の解決《かいけつ》にもならない。なるべく穏便《おんびん》に事《こと》を収《おさ》めるためには、まず香久夜を見つけ出し、彼女の誤解《ごかい》を解《と》かなくてはならないのだ。

「そうね——じゃ、行こうか」

そう言って、綾乃は更《さら》に和麻に身を寄せた。程良《ほどよ》い高さにある肩に頭を預《あず》け、上半身をほぼ完全に密着させる。

これは演技なのだ、と心の中で建前《たてまえ》を繰《く》り返しながら。


公園の中央には、腕組《うでぐ》みをして仁王立《におうだ》つ、一人の夜叉《やしゃ》がいた。鬼相《きそう》とも言うべきその形相《ぎょうそう》を、和麻は綾乃を抱《だ》きすくめたまま、無言《むごん》で見つめる。

一方、綾乃は香久夜とは初対面《しょたいめん》である。その所行《しょぎょう》も人づてに聞いているだけで、実体験として思い知ってはいない。

故《ゆえ》に、その形相にはかなり引いた。

なまじ顔の造作《ぞうさく》が整っているだけに、憤怒《ふんぬ》に歪《ゆが》んだその顔は、悽愴《せいそう》というか惨烈《さんれつ》というか——とにかく怖い。

まあ、そんなことを考えている綾乃自身、和麻のことでキレている時などは似《に》たような表情をしているのだが。

「え……えっと……香久夜さん、よね？　こんにちは」

心もち引きつった顔で、綾乃は話しかけた。すると、世界の全てに呪詛《じゅそ》を撒《ま》き散《ち》らすかのように虚空《こくう》を睨《にら》んでいた香久夜が、彼女に焦点《しょうてん》を据《す》える。

そしてひと言。

「……汚《けが》らわしい」

「——え？」

「あなたのことは、色々と調べましたのよ」

食いしばった歯の隙間《すきま》から絞《しぼ》り出すような声で、香久夜は言葉を紡《つむ》ぎ出す。

「身体《からだ》を使ってその男を誑《たぶら》かすだけではなく——」

「な——!?」

「学校では自分を慕《した》う下級生を、想いに応《こた》えるつもりもないのに、徒《いたずら》に気を持たせていい様に利用し——」

「——ん？」

「果てはファンクラブなどをつくらせて女王様気取り！　お兄様とのことがなかったとしても、同じ女としてあなたのようなあばずれを許すことはできません！　天に代《か》わって成敗《せいばい》いたします！」

「ちょっと待てっ！」

さすがに、ここまで誹謗《ひぼう》されては黙《だま》っていられず、綾乃は怒《いか》りも露《あら》わに叫んでいた。

確かに、香久夜は自分のことを調べはしたのだろう。だがしかし、どんな調査《ちょうさ》をしたのか知らないが、その結果はおよそ容認《ようにん》し難《がた》いものだった。

明らかに事実とは違う、それでいて完全な捏造《ねつぞう》とは言い難い、歪曲《わいきょく》された情報――

(って――あれ？)

何だか既視感《きしかん》めいた感覚に、綾乃は小さく首をかしげる。以前どこかで、こんなことが、あったような、気が――

「って、こんなことする奴《やつ》ひとりしかいないでしょうがっ！」

深く考えるまでもなく、答えはすぐに出た。隣《となり》では、和麻も同じ結論《けつろん》に至《いた》ったらしく、呆れたようにため息をついている。

「前から思ってたけど、個性的なトモダチに囲まれてるよな、お前。類友《るいとも》ってやつ？」

「その意見は全身全霊を懸《か》けて否定《ひてい》するわ」

ふんわりおっとりとした外見の友人を思い浮《う》かべ、綾乃は断固《だんこ》たる口調で言い切った。

「まあ、それはそうと」

一方、和麻は心底どうでもいい話題を軽くスルーし、『義憤《ぎふん》』に燃える香久夜に目を向ける。

「取り敢《あ》えず、お前の邪魔《じゃま》をする気はない。好きなようにこのあばずれとやらを成敗してくれ」

「なんですってえ⁉」

そして、香久夜にも負けない凶相《きょうそう》になった綾乃を無視《むし》して、背を向けて歩き出した。

が、その直後。

「お待ちなさい」

「――――！」

咄嗟《とっさ》に首を傾《かたむ》けた和麻の側頭部《そくとうぶ》をかすめて、何かが高速で駆《か》け抜けていった。断《た》ち切られた髪《かみ》が数本、風に乗って飛んでいく。

「あなたにも、色々とお礼をしなければならないことがありましたわね、八神《やがみ》？」

「いや、後金のことなら気にしなくていいぞ。お前の親父《おやじ》にちゃんと貰《もら》った」

絶対零度《ぜったいれいど》の凍気《とうき》を宿した呼びかけにも臆《おく》することなく、和麻はぬけぬけと言い放《はな》った。

「うふふふふ。面白《おもしろ》いことを言うのですね、八神は」

思い切り平板《へいばん》な口調で、香久夜は笑う。そして、組んでいた腕をゆっくりと下ろした。

その袖口《そでぐち》から、白くて細長い何かが這《は》いずり出てくる。全長約二十センチ、蛇《へび》というには細すぎるそれは、次から次へと、果ては上着やスカートの裾《すそ》からも姿《すがた》を現し、香久夜の周りを緩《ゆる》やかに漂《ただよ》った。

「あれは——紙縒《こより》？」

綾乃は戸惑《とまど》いを込めて呟《つぶや》いた。香久夜を守るように浮遊《ふゆう》するそれは、紙を縒って紐状《ひもじょう》にした、ありふれた紙縒にしか見えなかったのだ。

もっとも、普通《ふつう》の紙縒は宙《ちゅう》に浮いたりはしないのだが。

薄く笑みを浮かべ、香久夜は語る。

「そう、これは呪符を縒ってつくった紙縒。一種の式神のようなものですわ。ただ空を飛ぶだけしか能のない、簡素《かんそ》なものですけど——その代わり速度《そくど》は亜音速《あおんそく》、調子のいい時には音速を超《こ》えることもあります。参考までに申し上げますと、今日は絶好調《ぜっこうちょう》ですわ」

「また極端《きょくたん》なものを……」

綾乃は呆《あき》れたように呟《つぶや》いた。が、香久夜は微塵《みじん》の動揺《どうよう》も見せずに堂々《どうどう》と返す。

「戦闘用《せんとうよう》の式神には、精緻《ちみつ》な造形《ぞうけい》や多様《たよう》な能力などは必要ありません。視認《しにん》も許さない超《ちょう》高速の一撃《いちげき》。敵を倒すにはそれだけで十分なのです」

「同感だな」

「他人事みたいに言ってんじゃないわよ、あんたはっ！」

しみじみと頷《うなず》いた和麻に、綾乃は突っ込みのプラズマ弾《だん》を一発。和麻はひょいと上体を反《そ》らして回避《かいひ》した。

「……前から思ってたんだが、お前は突っ込みというものを根本的《こんぽんてき》に誤解《ごかい》してるぞ」

「あんたにはこれでも足りないくらいよ！　それはそうと、どうするの？　超音速の攻撃なんて、反応できるかどうかも――」

「反応？　するなよそんなの。適当《てきとう》に炎ばらまいとけば勝手に燃えるさ」

対策《たいさく》に悩《なや》む綾乃に、和麻は軽く言い放った。

「――え？　それだけでいいの？」

「所詮《しょせん》は紙だぜ？　そんなもん超音速で飛ばせば、結界張《は》ってようと空気との摩擦《まさつ》で相当《そうとう》に加熱《かねつ》される。これほど燃やしやすいものもそうはないだろうよ」

「あ、なるほど――」

「ふふん、甘《あま》いですわ」

納得《なっとく》しかけた綾乃の言葉を、香久夜は自慢《じまん》げに遮《さえぎ》った。

「あなたたち精霊術師《せいれいじゅつし》への対策《たいさく》は万全《ばんぜん》ですのよ。この呪符《じゅふ》は不燃布《ふねんふ》でできた特製《とくせい》のものです。そう簡単《かんたん》に燃やすことはできませんわ」

「……へー」

和麻は気のない相槌《あいづち》を打ち、勝ち誇《ほこ》る香久夜を白《しら》けた目で見据《みす》える。

先日、土御門門下《もんか》の陰陽師と戦った時、彼らはケブラー繊維《せんい》を織《お》り込んだ呪符で風の刃《やいば》を防いでみせた。

そして今、香久夜も同系統の手法《しゅほう》を使ったということは、土御門はこういうのが精霊魔術への対策《たいさく》となると信じているのだろう。

だが――

「さあ、蜂《はち》の巣《す》におなりなさい、神凪綾乃！」

高らかな宣告《せんこく》と共に放たれた数十本の紙縒は、

「はっ！」

綾乃が放った炎に呑《の》み込まれ、瞬時に一本残らず蒸発《じょうはつ》した。

「な――!?」

驚愕《きょうがく》に目を瞠《みは》る香久夜。しかし、対峙《たいじ》する和麻と綾乃は、当然の結果とばかりに唇《くちびる》を綻《ほころ》ばせもしない。

そう、これは当たり前のことなのだ。高位の精霊術師は、己《おの》が意志を以《もっ》て物理《ぶつり》法則《ほうそく》をも超越《ちょうえつ》する。炎術師でたとえるならば、彼らは本来《ほんらい》燃えるはずのない空気を燃やし、水を燃やし、悪鬼《あっき》邪霊《じゃれい》の類《たぐい》まで燃やし尽《つ》くす。

ならば、少しばかり燃えにくいだけの不燃布ごとき、どうして燃やせないはずがあろうか。

土御門の精霊魔術対策は、所詮《しょせん》、二流以下の精霊術師にしか通用しない小細工《こざいく》なのである。

「こ、こんな……」

「いちいち驚《おどろ》くな、当然の結果だ」

必勝《ひっしょう》の——と思っていた——策《さく》を破《やぶ》られて狼狽《ろうばい》する香久夜に、和麻は冷たく言い放った。

確かに彼は小細工が好きだが、だからこそ、騙《だま》してなんぼの小技を必勝の策と勘違《かんちが》いするような馬鹿《ばか》に対する評価《ひょうか》は辛《から》い。

そもそも、二度ネタでは新鮮《しんせん》な驚きも味わえないし。

「そもそも、神凪の直系に正面から喧嘩《けんか》売ろうって時点で正気《しょうき》の沙汰《さた》じゃないんだよ」

「くっ——ならば、これはどうです!?」

淡々《たんたん》と語る和麻を憎悪《ぞうお》を込めて睨《にら》みながら、香久夜は腕《うで》を伸ばして、見えない何かを手《た》繰《く》り寄せるような動きをした。

「きゃあ～」

それに合わせて、木陰《こかげ》から一人の少女が姿を現す。やはり見えない何かに引かれるように、よろめきながら香久夜に近づいていく少女は——目眩《めまい》がするほど正確に、二人が予想した通りの人物だった。

「あ～れ～」

香久夜に捕《と》らわれた少女は、綾乃の真っ白い目をものともせず、一世代前の大根役者《だいこんやくしゃ》のような悲鳴を上げてみせた。首筋《くびすじ》にナイフ——たぶん本身《ほんみ》——を突きつけられながらのその余裕《よゆう》は、ある意味賞賛《しょうさん》に値《あたい》するのかもしれないが——

「綾乃ちゃーん、たあすけてええええ」

「——自業自得《じごうじとく》って言葉は知ってる、由香里《ゆかり》？」

どこまでも緊張感《きんちょうかん》の欠如《けつじょ》した声音《こわね》で助けを求めてくる友人（最近ちょっと疑問《ぎもん》）、篠宮《しのみや》由香里に、綾乃は思い切り冷淡《れいたん》に返した。

思えば由香里は、この件には最初から首を突っ込んでいた。見合いの当日には自ら潜入《せんにゅう》し、更には後輩《こうはい》の柊太一郎《ひいらぎたいちろう》を使役して騒《さわ》ぎを起こさせた上、いつの間にか姿を消していた。

そして今、綾乃と和麻への復讐《ふくしゅう》に燃える香久夜に——どうやったのかは知らないが——

接触《せっしょく》して都合《つごう》良く歪《ゆが》めた情報を伝え、彼女の怒《いか》りを煽《あお》り立てている。

（うわ……考えてみたらきっぱり諸悪《しょあく》の根元《こんげん》だわ、こいつ）

「さあ、お友達に危害《きがい》を加えられたくなかったら——」

「ともだち？」

そんなことを考えていた時、タイミングよく香久夜に警告《けいこく》されたため、綾乃は思わず真顔で問い返してしまっていた。

途端《とたん》、由香里は不満げに叫ぶ。

「綾乃ちゃんっ、なんでそこで疑問文《ぎもんぶん》なのっ⁉」

「いや、ちょっと交友関係を考え直してみようかな、と」

「綾乃ちゃんひどいー」

「やかましい。だいたい全部あんたのせいでしょうが。香久夜さんにもあることないこと吹き込んで」

「あ、それは冤罪《えんざい》よ。あたしは客観的事実を言っただけなのに、この人が勝手に曲解《きょっかい》したの」

「どうだか」

綾乃は取り合わない。しかし、余談《よだん》ではあるが、今回に限っては由香里の言葉は正しかった。嫉妬《しっと》に狂《くる》った香久夜が、勝手に脚色《きゃくしょく》を施《ほどこ》したというのが正解である。

まあ、それはそれとして、由香里が自ら望んで香久夜についてきたことも、また紛《まぎ》れもない事実だったのだが。

「まったくもう——」

未《いま》だ疑惑《ぎわく》は解《と》けていないが、いずれにせよ、本当に見捨《みす》てられるはずもない。何としても、由香里は助け出さなければならなかった。無論《むろん》、無傷《むきず》で。

綾乃は小声で和麻に問う。

「何か手はある？　もちろん、どっちも殺さずによ」

「さあ——俺は何もする気はないが」

和麻は気の抜けきった声で答えた。

「だらけてる場合じゃないでしょ!?　あんたも狙《ねら》われてるのよ、一応！」

「大丈夫《だいじょうぶ》だろ。時間は稼《かせ》いだし」

「——え？」

意味の分からない台詞《せりふ》に、綾乃が目を瞬《またた》かせた、その時。

「香久夜！」

その男は颯爽《さっそう》と現れた。

ある意味で、彼らを取り巻く問題の焦点《しょうてん》とも言える人物——香久夜の兄、土御門貴明その人である。

「——お、お兄様？」

突然《とつぜん》、姿を現し、険《けわ》しい口調で名を呼ぶ兄に、香久夜は狼狽《ろうばい》の声を上げた。その隙《すき》に由香里が素早《すばや》く逃亡《とうぼう》するが、もはや誰も気にしない。

そのまま呆然《ぼうぜん》と立ち尽《つ》くす香久夜に、貴明は無言で歩み寄っていった。

「え——あれ？　どうして？」

いるはずのない人物の登場に、綾乃は問いかけるように和麻を見る。

和麻は簡潔《かんけつ》にひと言。

「呼んだ」

「呼んだって——あ、呼霊法《こだまほう》で？」

呼霊法とは、風に声を乗せて遠く離《はな》れた場所まで運んでいく、風術による伝声法《でんせいほう》である。

和麻はそれを用いて、貴明をここまで誘導《ゆうどう》していたのだ。

「後は任《まか》せとけばいいだろ。他人様《ひとさま》の家庭の事情に首突っ込むのは趣味《しゅみ》じゃないし」

「——そうね」

明らかに綺麗事《きれいごと》を盾《たて》にした和麻の逃《に》げ口上《こうじょう》に、綾乃は同意の頷《うなず》きを返した。有《あ》り体《てい》に言えば、彼女もまた、これ以上香久夜と関わりたくはなかったのだ。

二人が見守る前で、貴明は香久夜に近づいていく。その表情は硬《かた》く引き締《し》められており、激《はげ》しい怒りのほどを窺《うかが》わせていた。

「お兄様……」

香久夜は気まずげに肩を落とし、うつむきながら、ちらちらと兄の姿を盗《ぬす》み見る。

その正面で立ち止まり、貴明は再び、短く妹の名を呼んだ。

「香久夜」

「は、はい――」

固く、強い力のこもった声に打たれたように、香久夜はビクリと身を震《ふる》わせる。

今にも泣き出しそうに萎《しお》れた風情《ふぜい》の香久夜に、綾乃は憐憫《れんびん》の念《ねん》を覚えずにはいられなかった。

確かに、一度ならず多大《ただい》な迷惑《めいわく》をかけられてはいるのだが、それも偏《ひとえ》に兄を慕《した》うが故《ゆえ》のこと。その兄に叱責《しっせき》されることは、彼女には何よりも辛《つら》いことだろう。

しかし、貴明は厳《きび》しい目つきのままで身を固くする香久夜を見下ろし、拳《こぶし》を握《にぎ》った右手を肩《かた》の高さまで上げていく。そして――

「もう、駄目《だめ》じゃないかこんなことをしたら。

——めっ」

「あん、ごめんなさいお兄様♡」

いきなりでれんと笑み崩《くず》れたかと思うと、甘ったるい声で叱《しか》りつけ——ているつもりなのだろう、たぶん——ながら、額《ひたい》を小突《こづ》くふりなんかしてみせた。

そして香久夜も、叱責——なんだと思う、きっと——がまるで睦言《むつごと》であるかのように頬《ほお》を染め、身をくねらせながら謝罪《しゃざい》と思われる言葉を口にする。

「なあ——⁉」

あまりにも予想外な展開に力が抜け、綾乃は思わずよろめいた。無意識《むいしき》のうちに和麻に縋《すが》るが、その支えもまたぐらりと揺《ゆ》れる。

本来ならば、綾乃ひとりの重量くらいものともしないこの男が揺らいだのは、やはり目前の光景に衝撃《しょうげき》を覚えずにはいられなかったということだろうか。

「うん、分かればいいんだ。これからは気をつけるんだよ？」

「はい、お兄様♡」

しかし、呆然《ぼうぜん》とする二人に気づく様子もなく、土御門の兄妹はベタ甘《あま》な会話を繰《く》り広げていく。

綾乃は不意に、先刻《せんこく》の貴明の言葉を思い出した。

――その度にきつく叱ってはいるんだが――

（きつく叱って――これが⁉）

目の前が暗くなるような虚脱感《きょだつかん》を覚えながら、綾乃は心の中で叫んでいた。

――どうにも止まらなくてね――

止まるわけがない。これで止まるような人間なら、初めからこんな騒《さわ》ぎは起こすまい。

全力でそう突っ込みたかったが、そんなことをすれば再び自分も巻き込まれてしまう。

「かず……」

逃走を促《うなが》すため、隣《となり》に立つ和麻を見上げた。すると同時に、和麻もこちらに目を向けてくる。

意思の疎《そ》通《つう》は一瞬で成《な》った。

「じゃ、帰るか」

「そうね」

やはり同時に頷《うなず》き合い、背を向ける。

「そうか、いい子だね、香久夜は」

「あん、恥《は》ずかしいですわ、お兄様♡」

なんてことを延々《えんえん》と続けている、どこかの病《や》んだ兄妹から。

ちなみにこの時、由香里は既《すで》にどこかへ姿を消していたのだが——ここで捕《つか》まえておかなかったことを、綾乃は後で激《はげ》しく後悔《こうかい》することになる。

——で、後日。


「お、やるな綾乃」

「ああっ、ダメです先輩《せんぱい》！　そんなにくっついたら妊娠《にんしん》しちゃいますよっ！」

「うふふー、ほんと綾乃ちゃんがんばったわよねー。こんな見え見えの理由こじつけてまで、しぃっかり和麻さんに抱《だ》きついちゃってー」

聖陵学園《せいりょう》の視聴覚室《しちょうかくしつ》で、三人の男女がテレビ画面を見つめながら、楽しげにそんなことを語らっていた。

ズバダンッ！

だが、その時、教室のドアが力任《まか》せに開けられる。響《ひび》き渡る轟音《ごうおん》。

そして、怒《いか》れる女子高生、神凪綾乃が、くしゃくしゃになったメモらしきものを握《にぎ》り締《し》めて教室に突入《とつにゅう》してきた。

「ゆーかーりー！　お見合いビデオ鑑賞会《かんしょうかい》ってのは何の冗談《じょうだん》!?」

「せ、先輩——？」

しかし、その迫力《はくりょく》に動揺《どうよう》を示したのは、最年少の男子、柊太一郎のみ。七瀬《ななせ》は顔も向けずに画面を見続け、由香里はリモコンを手に取り、再生画像《さいせいがぞう》に一時停止《ポーズ》をかける。

「あ、綾乃ちゃん見て見て、よく撮《と》れてるでしょー」

そして、詰《つ》め寄る綾乃の気迫《きはく》を柳《やなぎ》に風と受け流し、テレビ画面を指《さ》し示した。そこに映《うつ》っていたものは――

「な、な……！」

和麻の腕にしっかりとしがみつき、これ以上は無理《むり》ってくらいに身体《からだ》を密着させた綾乃の姿だった。

どこからどうやって撮ったのか、やたらと鮮明《せんめい》な画面からは、綾乃の表情までがくっきりはっきり見て取れる。

恥じらいを宿《やど》して薄い朱《しゅ》に染まった頬《ほお》、すがりつく相手を一途《いちず》に見つめる潤《うる》んだ瞳《ひとみ》――それは紛《まぎ》れもなく、誰の目にも疑《うたが》いなく、『恋する乙女《おとめ》』の顔だった。

「～～～～～～～～～～～～～～～～～～っ!!」

あまりの恥ずかしさに、綾乃は首筋《くびすじ》まで真っ赤に染めて、声にならない悲鳴を上げる。

「きれーに撮れてるでしょー。あ、もちろん綾乃ちゃんの分のＤＶＤも焼いてあるから心配しないで」

そう言って、由香里は手品師《てじなし》じみた手つきでDVDを取り出した。見合《みあ》い当日の分と併《あわ》せて三時間強、DVD二枚組の大作である。

綾乃は目にも留《と》まらぬ速度でそれを奪《うば》い取り、消し炭《ずみ》も残さず焼却《しょうきゃく》した。続けて掌《てのひら》に火球を生み出し、静止画像を映し続けるテレビに叩《たた》きつけようとするが、

「待て綾乃、それは学校の備品《びひん》だ」

七瀬の忠告《ちゅうこく》に、ほんの少し冷静さを取り戻《もど》した。再び由香里に向き直る。

「由香里……」

「なにかなー？」

「即刻《そっこく》データ全部処分《しょぶん》しなさい！　ディスクに焼いた分はもちろんオリジナルまで跡形《あとかた》もなく！」

「えー、どうしてー？　綾乃ちゃん可愛《かわい》く撮れてるのにー」

「可愛くなくていいから！」

有無《うむ》を言わさず、綾乃は命じた。あんなドロドロにとろけきった顔、とても他人に見せられるものではない。由香里たちに見られただけでも一生ものの大恥《おおはじ》だというのに、

「もしも和麻に見られたら……」

というか、既《すで》に生《ナマ》で見られているのだが。そのことに思い至《いた》り、綾乃はちょっと死にた

くなった。

「ああああああああああああああああああああ」

自己嫌悪《じこけんお》に呻《うめ》く綾乃を見つめ、由香里は不思議そうに問いかけてくる。

「和麻さんに見られるの嫌《いや》だった、の？」

「あ、当たり前でしょう……が……」

叫びかけて、綾乃は気づいた。由香里が『嫌だったの？』と聞いたことに。

それは決して、ライブで見られているから、という意味ではなく。

「──由香里？」

「な、なにかなー？」

「──何か、あたしに言わなきゃならないことはない？」

「さ、さあ、何のことやら……」

目を逸《そ》らす由香里を、殺意《さつい》にも似《に》た何かを込めてじっと見つめる。

数秒後、彼女は引きつった笑みと共に口を割《わ》った。許しを乞《こ》うように手を合わせながら、

「ごめん。和麻さんにはもう送っちゃった」

──その瞬間、綾乃は、何か大切なものが失われる音がはっきり聞こえた、と思った。

記録によると、この日、聖陵学園の視聴覚室は、ガス爆発によって半壊《はんかい》したと記《しる》されている。

しかし、事故の原因について詳《くわ》しい記述《きじゅつ》はなく、関係者は黙《もく》して何も語らない。

ちなみに、まるで関係のない話ではあるが、この視聴覚室は後日、神凪家の寄付金《きふきん》によって補修《ほしゅう》され、最新のＡＶ機器《きき》を揃《そろ》えた、それまで以上に充実《じゅうじつ》した施設《しせつ》となったそうである。

また、ほぼ同時期に、神凪家の一人娘が父親の怒りを買い、向こう一年小遣《こづか》い停止《ていし》の憂《う》き目にあったというが――これもまた、まるで関係のない話ではあった。

合掌《がっしょう》。

運命の出会い⁉

「やめてください！」

高く澄《す》んだその声が聞こえてきた瞬間《しゅんかん》、柊太一郎《ひいらぎたいちろう》は一瞬も迷《まよ》わずに走り出していた。

街の喧噪《けんそう》の中、耳を澄ませて目的の声を探《さが》す。綺麗《きれい》な声だった。たとえ周囲が騒然《そうぜん》としていても、あの声を聞き漏《も》らすはずもない。

「通してください！　放《はな》して——」

再び聞こえた声から位置を割《わ》り出し、太一郎はほぼ直角に方向転換《てんかん》した。大通りを離《はな》れ、人通りの少ない路地裏《ろじうら》へ——

そして数秒後、全力疾走《しっそう》で狭窄《きょうさく》した視界《しかい》にそれは映《うつ》った。三人の男に囲まれた一人の少女。下卑《げび》た笑みを浮《う》かべる男に腕《うで》を掴《つか》まれ、苦しそうに顔を歪《ゆが》めている。

（クズが——！）

怒《いか》りを糧《かて》に、少年は更に加《か》速《そく》した。警告《けいこく》も威嚇《いかく》もなく、ただ一直線に疾駆《しっく》する。

「なんだ、お前——」

男たちが気づいた時には、太一郎は既《すで》に数歩の距離《きょり》にまで迫《せま》っていた。それでも全く減《げん》速《そく》せず、両者を隔《へだ》てる空間を削《けず》っていく。

そして、最後の一歩。しかし、送り出した足は地面に下ろさず、逆《ぎゃく》に膝《ひざ》が胸につくほどに振《ふ》り上げる。同時に軸足《じくあし》を回して腰《こし》ごと前に押し出すように力を乗せながら、膝から下を鋭《するど》く振り抜いた。

「ぐはぁっ！」

突進《とっしん》の勢《いきお》いも乗せた前蹴《まえげ》りが、少女の腕を摑んでいた男の鳩尾《みぞおち》に突《つ》き刺《さ》さった。スニーカーの爪先《つまさき》が五センチ近くもめり込み、男を有無《うむ》を言わさず悶絶《もんぜつ》させる。

実はこの少年、『男は強く在《あ》らねばならない』という些《いささ》か偏《かたよ》った信念と、小柄《こがら》な体格のコンプレックスのせいもあり、幼《おさな》い頃《ころ》から空手《からて》を学び、今では結構《けっこう》な腕前になっていた。実戦経験《じっせんけいけん》もそれなりに積《つ》んでいる。無論《むろん》、街の喧嘩《けんか》レベルでの話ではあるが。

今の先制攻撃《せんせいこうげき》も、実戦の中で培《つちか》われた経験則《そく》から得た戦法なのだった。

熟練者《じゅくれんしゃ》、達人《たつじん》クラスの使い手ならばいざ知らず、それ以下の人間の戦いにおいては、数の差がそのまま力の差となると言っていい。たとえ、相手が全員自分より弱くても、二対一では負ける確率《かくりつ》の方が高いし、三対一では勝率など零《ゼロ》に等しくなる。

故《ゆえ》に、太一郎は相手の準備《じゅんび》が整う前に全力の一撃《いちげき》を叩《たた》き込み、まず数を減《へ》らしにかかったのだ。

本来、彼は不意打《ふいう》ちのような『卑怯《ひきょう》な』手は好まないのだが、襲《おそ》われる少女を助けるためならば、手段《しゅだん》を選んではいられない。できることならドサクサに紛《まぎ》れてもう一人——と、視線《しせん》を巡《めぐ》らせた時のことだった。

「がっ！」

くぐもった悲鳴を上げて、男の一人が逆《さか》さまになって地面に落下する。その右手は、自分が襲おうとしていた少女に掴まれ、肘《ひじ》と手首《てくび》の関節を極《き》められていた。

『——え？』

期《き》せずして、太一郎と最後の一人となった男の声が唱和《しょうわ》する。小柄な、愛らしい少女が自分より頭ひとつ半は大きい男を投げ飛ばしたのだと、それを理解《りかい》するまでには数秒以上の時間が必要だった。

(合気《あいき》——いや、柔術《じゅうじゅつ》——？)

演武《えんぶ》のような見事《みごと》な投げ技《わざ》に目を奪《うば》われたのも束《つか》の間、わずかに早く我《われ》に返った太一郎は、まだ呆然《ぼうぜん》としたままの最後の一人に右ストレートを叩き込む。

顎《あご》を打ち抜かれてよろめいたところに、駄目《だめ》押しとばかりに鳩尾に前蹴りを一発。そして、その戦果《せんか》を確認《かくにん》もせず、彼は少女の手を掴んで走り出す。

「え、ちょっと——」

「いいから急いで！」

戸惑《とまど》いを宿す少女の声をぴしゃりと封《ふう》じ、太一郎は脇目《わきめ》も振《ふ》らず、力の限りに逃走《とうそう》した。

——数分後。

「……はあ……はあ……はあ……」

取り敢《あ》えず安全圏《あんぜんけん》まで逃《のが》れたと判断《はんだん》した太一郎は、ビルの壁《かべ》に背を預《あず》け、荒い呼吸《こきゅう》を繰《く》り返していた。

「あ、あの……」

不意に、ただひたすらに酸素《さんそ》を貪《むさぼ》る彼の耳を、小さな声が刺激《しげき》した。まだ頭が正常《せいじょう》に働かないまま、首を傾《かたむ》けて声の主を見やる。

一人の少女が、自分の隣《となり》に立っていた。どこか困ったように、固くつながれた手と自分の顔とを交互《こうご》に見つめ、小声で言う。

「あの……手を……」

「……え!?　あ！　ご、ごめん！」

途端《とたん》に頭が常態《じょうたい》に復帰《ふっき》し、太一郎はずっとつないだままだった手を勢《いきお》いよく振り放した。

その時になって初めて、彼は少女の顔をはっきりと認識《にんしき》する。

有《あ》り体《てい》に言って、もの凄《すご》い美少女だった。髪《かみ》は短く切り揃《そろ》えられ、服装もボーイッシュなものだが、それでも彼女を男と間違える者はまずいまい。

背はかなり低かった。小学生といっても通用するくらいだが、たぶん中学生だと太一郎は期待する。

（す、すげえ可愛《かわい》いな。その辺のアイドルなんか相手にもならないぞ——って、これはまさか、すごく美味《おい》しい状況《じょうきょう》なのか⁉）

一途《いちず》に綾乃《あやの》を慕《した》っている少年ではあるが、極上《ごくじょう》の美少女の好意を得られるのであれば、それはそれでとても嬉《うれ》しい。

だが、そこまで考えた時、自分の助け方があまり格好《かっこう》いいものではなかったことを思い出した。みっともなく逃《に》げ出したことで軽蔑《けいべつ》されてはいないだろうかと不安になり、慌《あわ》てて弁明《べんめい》する。

「あ、あのさ、カッコ悪いと思ったかもしれないけど、ああいう時は逃げられる限《かぎ》りは逃げるのがベストで、ほら、無駄《むだ》な争いはしないに越《こ》したことはないし、君も嫌《いや》な思いをしたんだから、叩きのめしてやりたかったかもしれないけど——」

「——いえ」

クスリと小さく笑い、少女は首を振《ふ》った。その可憐《かれん》な笑顔と仕草《しぐさ》に、少年は抗《あらが》いようもなく魅了《みりょう》される。そして、その上さらに、

「僕も争い事は嫌《きら》いですから」

（ボクっ娘《こ》だー！　は、初めて見たー！）

妙《みょう》なギャルゲーに毒《どく》された妄想《もうそう》を育《はぐく》ませたりなんかもしていた。

しかし、少女は当然ながらそんなことには気づきもせず、自分を助けてくれた恩人《おんじん》に礼《れい》儀《ぎ》正しく頭を下げる。

「あ、お礼を言うのが遅《おく》れちゃいましたね。助けてくれてありがとうございました」

「気にしなくていいよ。大したことはしてないし、それに——余計《よけい》なお世話《せわ》だったかもしれないしね」

それは、決して謙遜《けんそん》ではなかった。あの鮮《あざ》やかな投げは、生半可《なまはんか》な技量《ぎりょう》でできるものではない。逃走の折《おり》にも少女は遅れることなくついてきたし、走り終わった時の呼吸《こきゅう》の乱《みだ》れも、自分よりも遥《はる》かに小さかった。

太一郎には、色々な意味で非常識《ひじょうしき》な知り合いが数多くいる。高校に入ってから、これまで常識とか人間の限界《げんかい》とか思っていたものを余裕《よゆう》で飛び越える者を何人も見てきた。

だからこそ、偏見《へんけん》や先入観《せんにゅうかん》抜きで、分かる。この少女は、たとえ自分よりも年少だろう

と、身体が遥かに小さかろうと、そんなことに関係なく、自分よりも遥かに強い。少なくとも、先刻の三人の男を軽くあしらえる程度《ていど》には。

しかし、少女はかぶりを振り、心からの感謝を込めて言った。

「そんなことはないですよ。助かりました。――あ、そういえば、まだ名前も言っていませんでしたね」

非礼《ひれい》に気づき、申《もう》し訳《わけ》なさそうに笑う。そんな仕草《しぐさ》さえも愛らしい、本当に類《たぐ》い希《まれ》な美『少女』だった。

「僕は、神凪煉《れん》といいます」

――たったひとつの、しかし重要な問題を除《のぞ》いては。


「俺は柊太一郎。よろしくな」

自らの致命的《ちめいてき》な勘違《かんちが》いに気づくこともなく、太一郎は名乗りを返した。同時に耳にした名を胸の内で反芻《はんすう》する。

(神凪れんちゃんか、どういう字を書くのかな？　恋？　それとも憐《れん》とか――って、え――？)

だが、幸せな妄想《もうそう》に浸《ひた》る意識《いしき》を、聞き覚えのある単語《たんご》が引き止めた。驚愕《きょうがく》に目を見開き、煉に詰《つ》め寄《よ》る。

「か、神凪⁉」

「え？　は、はい、そうですけど」

「……神凪綾乃って人、知ってる？」

「姉様を御存知《ごぞんじ》なんですか？」

恐る恐るの問いかけに、答えは呆気《あっけ》なく返ってきた。更《さら》なる驚愕に、太一郎は問いを重ねる。

「姉様って――姉妹《きょうだい》？」

だが、煉はこれには首を振った。言葉の微妙《びみょう》な食い違いには気づかないまま。

「あ、いえ、姉弟じゃなくてはとこなんですけど、家族同然に育ちましたから。それで、柊さんは姉様とはどのような関係なんですか？」

「学校の後輩《こうはい》なんだ」

答えながら、彼は以前由香里《ゆかり》に言われたことを思い出していた。神凪の家は一族のつながりが強く、全体で同じ仕事をしているとか。

だから、はとこでも家族同然という言葉には納得《なっとく》できたのだが、

（ん？――はとこ？）

前にも増して聞き捨《ず》てならない単語に眉《まゆ》をひそめた。太一郎は、綾乃のはとこに当たる人間を一人、知っている。自分がこれまで出会った中で、最悪に最低な人物として。

「あのさ……じゃあ、八神和麻《やがみかずま》って男は、知ってるかな?」

できれば否定《ひてい》して欲しかったその問いに、煉は満面の笑みを浮《う》かべて答えたものだった。

「兄様です! あ、こっちは実の兄弟ですよ?」

「き、兄妹《きょうだい》っ! 実のっ!」

痛恨《つうこん》の表情で、太一郎は呻《うめ》いた。およそ考え得《う》る中で最悪の回答である。しかも答えた時の表情や口調からして、『彼女』は兄たるあの野郎《やろう》を慕《した》っている。最悪中の最悪だった。

(騙《だま》されてるぞ、れんちゃん! ――いや、それとも妹には甘《あま》いのか、あの男?)

九割方《わりがた》正解だった。もっとも、残りの一割がやっぱり致命的《ちめいてき》だったりするのだが。

「――あの、柊さん?」

何やら忙《いそが》しく顔色を変えている太一郎を、煉は怪訝《けげん》そうに見上げた。少年は慌《あわ》ててもっともらしく態度《たいど》を取り繕《つくろ》い、諭《さと》すように言う。

「あー、それはそうと、君みたいな娘《こ》があんな人気《ひとけ》のないところにいっちゃダメだぞ。ケンカするのが嫌いだっていうんなら尚更《なおさら》な」

「そう……ですね」

しかし、意外にも、煉の答えはどこか不本意《ふほんい》そうな響《ひび》きを宿したものだった。不思議に思って見下ろす太一郎に、煉はどこか切実《せつじつ》な口調で尋《たず》ねてくる。

「あの辺《あた》りって、いつもああいう人たちがたむろしてるんでしょうか？」

「さあ、溜《た》まり場になってるかどうかは知らないけど、人通りの少ない場所だからな。ろくでもない奴《やつ》らがろくでもないことをするには都合《つごう》のいいところなんじゃないか？」

「そうですか――困ったな」

「え？」

「あ、いえ、なんでもないです。あの、今日は本当にありがとうございました」

慌てて誤魔化《ごまか》しながら、煉は何度目かの礼を口にした。

それが別れの挨拶《あいさつ》でもあることに気づき、太一郎は決して小さくない寂寥感《せきりょうかん》を覚える。

だが、彼はそこで咄嗟《とっさ》に引き止める口実《こうじつ》を思いつけるほど器用《きよう》な人間ではなかった。

「いや、本当に大したことはしてないから。けど、今度からは気をつけて」

だから――煉がペコリと頭を下げて立ち去るのを、黙《だま》って見送るしかなかった。

小走りに駆《か》けていく『少女』の後ろ姿《すがた》を、太一郎はずっと見つめ続ける。

その姿が、人影《ひとかげ》に紛《まぎ》れて見えなくなるまで。

——翌日《よくじつ》。

誰もいなくなった放課後《ほうかご》の教室で、太一郎は一人、夕日を見つめながら懊悩《おうのう》していた。

脳裏《のうり》に浮《う》かぶは、昨日、出会ったばかりの『少女』の姿。一緒《いっしょ》にいた時間は三十分にも満たない。なのに、忘れられなかった。

気がつけば、脳裏に『彼女』の笑顔を思い浮かべている。その声を思い返している。そして、できることならまた会いたいと——

(って、なに考えてるんだよ！　俺は神凪先輩《せんぱい》が好きなのに！)

拳《こぶし》を握《にぎ》り締《し》め、太一郎は胸中《きょうちゅう》で不実《ふじつ》な自分を罵倒《ばとう》する。潔癖《けっぺき》な少年にとって、こんな二股《ふたまた》をかけるような真似《まね》は——たとえ双方《そうほう》から相手にされていなくても——決して許せるものではなかった。

綾乃への想いは今も変わっていない。世界で一番彼女が好きだと、一片の偽《いつわ》りもなく断言《だんげん》できる。だが、それでも、それなのに——

忘れられない。

『可愛い女の子と過《す》ごしたちょっと楽しい時間』——そんな分類《カテゴリー》に括《くく》って思い出の一ページとするという処理《しょり》が、どうしても脳内で実行《じっこう》できないのだ。

(なんでだよ、もう……)

独《ひと》り思い悩《なや》む太一郎。端《はた》から見れば自己陶酔《じことうすい》に浸《ひた》った道化《どうけ》でしかないのかもしれないが、本人にとって、その苦悩《くのう》は紛《まぎ》れもなく本物だった。

(俺は……どうすればいいんだ……?)

数分後、校門には早足で学校を後にする太一郎の姿があった。行く先は昨日の路地裏《ろじうら》。目的はもう一度『彼女』と会うことである。

結局、彼は悩み続けるよりも行動《こうどう》する方を選んだのだ。

もともと、そういう性向《せいこう》の少年である。会わずに後悔《こうかい》するより会って後悔する、という些《いささ》か短絡《たんらく》な答えを出すまでにさしたる時間はかからなかったし、答えを出してから行動するまでは更《さら》に短かった。

故《ゆえ》に、決心してからは微塵《みじん》の迷《まよ》いもなく、太一郎は歩を進めるのだった。

「いてくれよ、頼《たの》むから――」

ところで、行動方針《ほうしん》こそ定めたものの、この想いがどういうものなのかは彼自身にも正確には分かっていない。恋愛感情なのか、それとも芸能人に憧《あこが》れるようなファン心理に等しいものであるのか――

確かなことは、『彼女』の存在が、今の自分の心の中で、決して小さくはない割合を占《し》めていること。そして、どうしても再び『彼女』に会いたいと、会わなければならないと、そう思っているということだった。

しかし、会いに行くには理由が必要だ。それがない以上、直接神凪家を訪問《ほうもん》するわけにはいかない。故に、『偶然《ぐうぜん》に』巡《めぐ》り会った、という状況を作り出さなければならなかった。

そこで思い出したのが、昨日の煉の台詞《せりふ》である。

『そうですか――困ったな』

誰に言うともなく呟《つぶや》いたその言葉。それは即《すなわ》ち、煉があの路地裏に足を踏《ふ》み入れたのは偶然ではなく、何らかの目的のためだったということではないだろうか。

普通の中学生の少女ならば、あのようなうら寂れた場所に敢《あ》えて訪《おとず》れようとはしないだろう。

しかし、『彼女』は決して普通の少女ではない。神凪の姓《せい》を名乗っている時点で、普通などということは有り得ない。

『神凪』――その名の持つ意味を、太一郎はほんの一端《いったん》ではあるが、知っている。

其《そ》は炎を操《あやつ》り、魔性《ましよう》を滅《めつ》する退魔《たいま》の血族。つまり『彼女』は、日本で――否《いな》、世界でも有数《ゆうすう》の力を持つ一族の、その中枢《ちゆうすう》近くに位置《いち》する人間なのだ。

ならば、まっとうな人間が近寄りたがらない、澱《よど》んだ気配《けはい》を放《はな》つ路地裏に進んで足を踏み入れる理由も、絶対《ぜったい》にないとは言い切れまい。たとえば、そこに巣《す》くう良からぬ何かを祓《はら》うためとかで。

そう考え、太一郎は足早にあの路地裏に向かっていた。そんなに都合《つごう》よく会えるはずはないと、頭では理解《りかい》しながら。けれど、心のどこかで奇跡《きせき》的な幸運を信じて。

「あれ、柊さん」

そして数分後、前方からそんな声を受けた瞬間、太一郎は自分の読みが正鵠《せいこく》を射抜《いぬ》いていたことを知った。

予想外の因子《ファクター》はひとつ——否《いな》、ふたつ。現れたのが煉だけではなく、和麻と、そして綾乃が同行していたことである。

特に綾乃に対しては何となく後ろめたい気がしてならなかったが、それでも太一郎は足を速めて一行に近づいていく。

「柊くん——?」

綾乃は訝《いぶか》しげに、太一郎を、そして彼の名を呼んだ煉を交互《こうご》に見つめた。

だが、太一郎は取り敢《あ》えずそれには気づかなかったふりをして、ただ道で出会っただけのように綾乃と煉に挨拶《あいさつ》をする。

「あ、どうも、こんにちは、神凪先輩。それに、奇遇《きぐう》だな、レン……ええと……」

いきなり『ちゃん』づけは馴《な》れ馴《な》れしいだろうかと呼び方に迷っていると、煉は屈託《くったく》なく笑いかけた。

「呼び捨《す》てでいいですよ。でも、どうしてここに？」

「いや……ただブラついてたら、偶然ここに来ただけだけど」

「そうなんですか。本当に奇遇ですね」

不審《ふしん》な回答にもかけらほどの疑念《ぎねん》も見せず、煉は無邪気《むじゃき》に微笑《ほほえ》んだ。太一郎はその笑顔に見惚《みと》れながらも、後ろめたさから目を逸《そ》らす。

そこでようやく、綾乃が話に加わってきた。

「で、煉——あんたいつの間に柊くんと知り合ったの？」

「あ、はい。昨日、この辺で変な男の人たちに絡《から》まれたんですけど、その時に助けてもらったんです」

「ナンパされたのか？」

「兄様っ！」

軽口《かるくち》を叩く和麻に、顔を赤らめて怒る煉。女だと間違われたことは事実なだけに、からかわれるのは殊更《ことさら》に不愉快《ふゆかい》だった。

「それに、あれはナンパなんて紳士的なものじゃありませんでしたよ。正確に言うなら暴《ぼう》行《こう》か誘拐《ゆうかい》です」

「そうか。貞操《ていそう》の危機《きき》だったんだな」

「もうっ、いい加減《かげん》にしてくださいっ！」

更にからかってくる和麻に、煉は可能な限り険《けわ》しい顔をして叫ぶ。

それに合わせて、太一郎もまた、これまで敢えて無視《むし》していた和麻を睨《にら》みつけた。仮にも『妹』が襲《おそ》われそうになったというのに、それをからかうネタにするなど、不謹慎《ふきんしん》としか思えなかったのだ。

だが、和麻は太一郎の威嚇《いかく》を歯牙《しが》にもかけず黙殺《もくさつ》する。そして少年の方も、この世で最も軽蔑《けいべつ》する男に自ら突《つ》っかかろうとはせず、今日の本題である煉に向かって語りかけた。

「ところで、やっぱりレンも炎術師《えんじゅつし》なのか？」

「──え？」

太一郎の質問に、煉は大きく目を見開き──問いかけるように綾乃を見上げる。

綾乃は簡単《かんたん》に頷《うなず》いた。

「ええ、柊くんは基本的なことは知ってるわよ。あまり突っ込んだことでなければ言っても構《かま》わないわ」

「はい」

煉は頷き、簡潔《かんけつ》に己《おのれ》の立場を告げる。

「柊さんの推測《すいそく》通り、僕も炎術師です。姉様に比《くら》べれば、遥《はる》かに未熟《みじゅく》ではありますが」

「じゃあ、ここには仕事で？」

「──そうですけど、何故《なぜ》わかりました？」

心持ち慎重《しんちょう》な態度《たいど》になった煉に、太一郎は自分の推測を手短《てみじか》に語った。

煉は感心したように目を輝《かがや》かせる。

「すごいや、名推理ですね」

皮肉《ひにく》とも取れる台詞《せりふ》だったが、煉が本心から言っていることは誰の耳にも明らかだった。

『美少女』に賞賛《しょうさん》された照《て》れ臭《くさ》さに、少年は思わず目を逸《そ》らす。

「あ、いや……それほどでも……」

照れ笑いを浮かべながら、太一郎は煉と、そして綾乃と和麻を順繰《じゅんぐ》りに見やり、この面《メン》子《ツ》の意味を考えた。常識《じょうしき》なんてものを軽く飛び越《こ》えて強い二人に比《くら》べ、煉は線が細く、また、幼《おさな》い。まさかこの『少女』が主力ということはないだろう。

──と思ったのだが。

「じゃあ、レンの役目は、偵察《ていさつ》とか下調べとか、そういうのなのかな？」

「あ、いえ、これは僕一人に任《まか》された仕事なんですけど、兄様と姉様に昨日の話をしたら、そういう仕事と関係ない人の相手はしてくれるって言ってくれまして」

「――へえ？」

色々と、意外な答えが返ってきた。こんな小さな子供に仕事が任されるというのもそうだが、綾乃はともかく、和麻がそんな手助けを申《もう》し出るとは。

心から嫌《きら》ってやまない男を、太一郎は冷ややかな眼差《まなざ》しで見つめた。

「身内には優しいんだな？」

「当たり前だ」

少年の皮肉を、和麻は恥《は》じる様子もなく跳《は》ね返す。

「身内とその他大勢《おおぜい》とを同列に扱《あつか》ってどうする。自分と自分にとって大切な人間の命は地球より重い。常識《じょうしき》だろ」

「…………」

確かに、心の奥底でそういう風に考えている人間は多いかもしれない。それを公然《こうぜん》と、それも胸を張《は》って言い切る人間は稀《まれ》だろうが。

彼の身内であるだろう二人も、心情的には太一郎と同感のようだった。一人は沈痛《ちんつう》な、もう一人は真っ白な眼差《まなざ》しを和麻に向け、口々に言う。

「兄様……それ、威張《いば》って言うことじゃないです」

「少しは恥《はじ》ってものを知りなさい、あんたは」

それでもやはり、和麻は悪びれる様子もなかったが。


道すがら、太一郎は綾乃に聞いてみた。

「――それで、今回の相手はどんなのなんですか？」

「んー、はっきりとは分からないんだけどね」

そう前置きをしてから、綾乃は説明を始める。

「一週間くらい前、この辺で真新しい人骨《じんこつ》が見つかったのよ。量は少なかったんだけど、調べたところ五人分ほど。――どうも、食べられたらしくてね」

「うわ、魔獣《まじゅう》とかそういうのですか？」

「それが、歯形《はがた》からすると肉食獣《にくしょくじゅう》のものじゃないらしくて。強《し》いて言うならやたらと巨大な虫とか、そういう系統《けいとう》のものらしいわ」

「……虫、ですか？」

要領《ようりょう》を得《え》ない口調で、太一郎は呟《つぶや》いた。巨大化した虫のモンスターというものは、ゲームではよく見かけるが、大抵《たいてい》は雑魚《ざこ》である。

「強いんですか、それ？」

「弱いわよ」

綾乃は明快《めいかい》に断《だん》じた。そして、柔《やわ》らかく微笑《ほほえ》みながら、安心させるように続ける。

「心配しなくても大丈夫《だいじょうぶ》よ。煉はまだ小さいし、単独《たんどく》での仕事の経験《けいけん》も少ないいんだから、そんなに強い相手とはやらせないわ」

「そ、そうですよね」

敬愛《けいあい》する先輩の保証《ほしょう》に気を落ち着かせるも束《つか》の間、和麻が不意《ふい》に、不気味《ぶきみ》なほど静かな声で宣告《せんこく》する。

「来るぞ」

その言葉と同時に、路地裏《ろじうら》の地面にかかるビルの影《かげ》が、実体を持ったかのように波打ち始めた。厚《あつ》みを持たないはずの影が膨《ふく》らみ、拡《ひろ》がり、そして蠢《うごめ》く。

カチカチカチカチ——

固く尖《とが》った何かがアスファルトを叩《たた》く、そんな音が無数に連鎖《れんさ》した。軽く、しかし壮絶《そうぜつ》な不安を誘《さそ》うその音は、延々《えんえん》と絶《た》えることなく鳴《な》り続け、次第《しだい》に音量を高めていく。

そして、拡《ひろ》がる影から分離《ぶんり》するように、それは——それらは、現れた。

巨大な鋏《はさみ》を思わせる顎《あご》を誇示《こじ》するように嚙《か》み鳴らし、無数の足を蠢かせて這《は》い進む節足《せっそく》動物。見る者全てに生理的嫌悪感《せいりてきけんおかん》を与えずには置かないその姿は——

「……百足《むかで》？」

太一郎の呟きを、否定《ひてい》する声はなかった。確かにそれは百足である。影の中から這い出てきた辺り尋常《じんじょう》なものではありえないが、外見からして、そう断《だん》じて間違いない。

ただし、その大きさ——全長、実に一メートル以上。そして、その数——

「な、何匹いるんですか、あれ⁉」

「知らないわよ。数えてみたら？」

見るのも嫌《いや》という風に、綾乃は百足が密集《みっしゅう》した地面から顔を背《そむ》けた。

それも無理《むり》はないと言えるだろう。目の前の地面には百足が隙間《すきま》なく敷《し》き詰《つ》められ、既《すで》にアスファルトは見えていない。それでも影の中から絶えず百足は生み出され、蠢く百足の絨毯《じゅうたん》の上を更《さら》に百足が這い進むという、悪夢めいた光景が展開されているのだ。

確かにこの百足は、一匹だけなら雑魚なのかもしれない。だが、この数を相手にするのでは——

さすがに顔を引きつらせながら、煉は呟く。

「……タイミングいいですね」

「俺たちは普通の人間より美味《おい》しいからな。御馳走《ごちそう》だと思って飛び出てきたんじゃねえか？」

和麻は素《そ》っ気《け》なく答え、煉を促《うなが》した。

「んじゃ頑張《がんば》ってこい」

「……はぁい」

あまり気が進まない様子で、煉は百足の群《む》れに向かって歩いていく。太一郎は思わず、上《うわ》ずった声で呼《よ》び止めた。

「レ、レン！」

煉は振り向き、強張《こわば》った少年の顔を見ると、安心させるように柔《やわ》らかく微笑んだ。

「大丈夫ですよ、そっちには一匹も通しませんから。——いってきます」

再び前に向き直り、決然《けつぜん》と歩いていく煉。その後ろ姿《すがた》を見つめながら、太一郎は己《おのれ》の無様《ぶざま》さに歯《は》噛《が》みした。

（くそっ、何もできない分、せめて勇気づけてやらなきゃならなかったのに——逆に俺が気遣《きづか》われてどうすんだよ⁉）

「柊くん——」

無力感《むりょくかん》に震《ふる》える少年の肩に手を載《の》せ、綾乃はいたわりを込めて囁《ささや》いた。

「大丈夫よ。見かけはどうでも、煉は神凪の炎術師なんだから。虫ごときに後《おく》れは取らないわ」

その事は、太一郎にも分かる。そして、自分が心配したところでどうにもならないということも。けれど、それでも不安でならない。もしも『彼女』が——

「あんなにちっちゃくて可愛《かわい》いのに、顔に傷でもついたら……」

「……可愛いって……」

無意識《むいしき》に口をついた太一郎の言葉に驚愕《きょうがく》し、綾乃は思わず後ずさった。

「柊くん……あなたまさか、そういう趣味《しゅみ》の人だったの……？」

途端《とたん》、彼は真っ赤になって反論《はんろん》する。

「そ、そんなわけないじゃないですか！　僕はロリコンなんかじゃありません！」

「いや、そっちじゃなくて——」

更《さら》に突っ込もうとした綾乃だったが、その言葉と同時に百足の群れが前進を始めた。

千にも達《たっ》しようかという巨大百足の群れ。そんなものにたかられたら、おそらくは骨も残さず貪《むさぼ》り喰《く》われてしまうだろう。

しかも、百足の群れはただ愚直《ぐちょく》に前進するだけではなかった。全体の半分ほどが、その身体《からだ》でどうやったのか、いきなり高々と跳躍《ちょうやく》し、空中から煉に襲《おそ》いかかったのだ。

それは、明らかに知恵あるものの動きだった。まっすぐに跳《は》ねて標的《ひょうてき》に取りつこうとするもの。いったん斜《なな》めに跳《と》んで壁《かべ》に張《は》りつき、そこから三角跳びの要領《ようりょう》で変則的《へんそくてき》な角度から襲撃《しゅうげき》を試《こころ》みるもの。相手を跳び越《こ》し、背後《はいご》からの奇襲《きしゅう》を狙《ねら》うものなど、それぞれが多様《たよう》な攻撃で煉を幻惑《げんわく》しようとしている。

意表《いひょう》をついた戦法《せんぽう》に動揺《どうよう》し、太一郎は綾乃に詰《つ》め寄《よ》った。

「せ、先輩っ、いいんですか、助けに行かなくても!?」

「だから落ち着きなさいって。煉の戦いぶりをよく見て、それからものを言いなさい」

狼狽《ろうばい》する太一郎は綾乃にたしなめられ、慌《あわ》てて煉に目を向けた。

──そして、思考《しこう》を停止させる。

魂《たましい》を鷲掴《わしづか》みにするような光景が、そこにはあった。

黄金《おうごん》の輝《かがや》きを身に纏《まと》い、軽《かろ》やかに舞《ま》う『少女』の姿。周囲《しゅうい》に群がる蟲《むし》がどれだけ醜《みにく》くても──否、その対比《たいひ》があるからこそ、清浄《せいじょう》な光に包まれた姿は神性《しんせい》さえ感じさせるほどに美しく、少年の心を奪《うば》って放《はな》さなかった。

『少女』の動きは、一見、緩《ゆる》やかに思えるほど典雅《てんが》にして優美《ゆうび》。しかし、弧《こ》を描《えが》いて振《ふ》るわれる手から、軽快《けいかい》なステップを踏《ふ》む足から放たれる黄金の炎は、迫《せま》り来る百足の群れを一匹も逃《のが》さず着実に焼き祓《はら》っていく。

まさに圧倒的《あっとうてき》なその力。たった一人でありながら、雲霞《うんか》のごとき大群《たいぐん》を、煉はまるで寄

せ付けなかった。

「これで分かったでしょ？　この程度の敵、加勢《かせい》するまでもない——」

呆《ほう》けた顔で煉を見つめる太一郎に、綾乃は余裕《よゆう》の表情で語った。しかし、少年は憧《あこが》れの少女の言葉を耳に入れた様子もなく、魅入《みい》られたように煉を見つめながら、ぽつりと呟く。

「綺麗《きれい》だ……」

「ひ、柊くん？」

再び、綾乃は引いた。


「——あ」

それは、無尽蔵《むじんぞう》にも思えた百足の群れが、半分ほどに減《へ》った頃《ころ》のことだった。

それまで危《あぶ》なげなく百足を駆逐《くちく》していた煉だったが、油断《ゆだん》か、それとも数が多すぎて把《は》握《あく》しきれなかったのか、数匹の百足を背後に回らせてしまう。

しかも、どうやらそのことに気づいていないようだった。

「レ——」

さすがに見過《みす》ごしにはできず、綾乃が警告《けいこく》しようとした、その時。

「危ない！」

何を考えたのか、太一郎はひと声叫《さけ》ぶと煉に向かって駆《か》け出していった。そして、背後から煉に跳《と》びかかりかけた百足に、振り上げた踵《かかと》を渾身《こんしん》の力を込めて振り下ろす。

「な……」

「おお、熱血だな、少年」

啞然《あぜん》とする綾乃と、わざとらしく感心した口調で拍手《はくしゅ》なんかしてみせる和麻の見守る中――力、速度、タイミング、全てが揃《そろ》った踵落としは、跳躍《ちょうやく》直後の巨大百足を見事《みごと》に叩《たた》き落とした。が、

「な、なに考えてるんですか、柊さん！」

当然ながら、それは愚行《ぐこう》だった。撃墜《げきつい》された反動で裏返《うらがえ》った百足にとどめを刺《さ》しながら、煉は非難《ひなん》を込めて叫ぶ。

それもまた、当然のことだった。助けてくれたことには感謝《かんしゃ》すべきなのだろうが、その行為《こうい》は決して『結果オーライ』で流していいものではない。

しかし、太一郎は悪びれもせず、開き直ったように言い放つ。

「分かんねえよ！　気がついたら動いてたんだからしょうがねえだろ！」

「しょうがなくなんかないです！　動く前に考えてください！　ちゃんと！」

「ああ悪かったな！　余計《よけい》な真似《まね》してすいませんでした！」

叫びながら、太一郎は跳びかかってくる百足に前蹴りを一発。無論《むろん》、ダメージは与えられないが、突《つ》き放したところに煉が火球を叩き込んで焼《や》き尽《つ》くす。

なかなかのコンビネーションではあった。だが、結局のところ太一郎はただの人間でしかない。敵を倒すことはおろか、自分の身を満足に守ることもできないのだ。

「くっ――」

いきなりピンチに陥《おちい》り、煉は視線を巡《めぐ》らせる。いつの間にか、周囲はすっかり囲まれていた。こうなっては太一郎を逃《に》がすこともできない。

ぐっ、と腰《こし》を落として身構《みがま》え、煉は厳《きび》しい眼差《まなざ》しで太一郎を見上げた。

「離れないでくださいよ、柊さん！」

「お……おう！」

頷《うなず》く太一郎を背後に庇《かば》い、一心《いっしん》に力を高めていく。この力は護《まも》るために――ならば、護るべき者がいるのなら、『できない』などと泣き言を言うことは許されない。

己《おの》が力の全てを懸《か》けて――

（絶対《ぜったい》に、護り抜いて見せる！）

不屈《ふくつ》の決意《けつい》と共に放たれた黄金の炎は、煉を中心に爆発的《ばくはつてき》に拡《ひろ》がった。その輝きは百足の群れの全てを呑《の》み込み、刹那《せつな》の抵抗《ていこう》も許さずに焼き尽くしていく。

そして、炎は当然、太一郎をも包《つつ》むのだが、

「う、うわっ⁉　って、え……熱くない？」

魔性《ましょう》のみを滅する浄化《じょうか》の炎は、決して彼を害《がい》することはなかったのだった。熱くはなく、むしろ心地《ここち》よい、眩《まばゆ》いのに目を灼《や》くこともない、そんな幻想的《げんそうてき》な炎に包まれながら、太一郎は絶大《ぜつだい》な力が魔性を滅《ほろ》ぼしていく光景を、ただ呆然《ぼうぜん》と見つめ続ける。

「す……げえ……」

炎が消えた時には、百足などは一匹も、死骸《しがい》のかけらさえ残っていなかった。感嘆《かんたん》の念と共に、彼は煉の勝利を讃《たた》えようとして――まだ警戒《けいかい》を解《と》いていない後ろ姿に首を傾《かし》げる。

「レン？」

「――まだです」

煉は太一郎の声に短く答え、百足が出現《しゅつげん》する『門』となっていた影を見つめた。まだ終わっていないと、彼の年齢《ねんれい》に不似合《ふにあ》いな経験を積《つ》んだ本能が告げていた。百足の群れは殲滅《せんめつ》したというのに、変わらない――否《いな》、これまで以上の力がその奥から感じられるのだ。

明らかに、何かがいた。

「何だよ、なにも……」

「黙《だま》って——来ます」

太一郎の言葉を遮《さえぎ》り、煉は警告《けいこく》した。その直後、それは影の中から現れる。

静かに——しかし、圧倒的な存在感を以《もっ》て。

「……で、でかい……」

それを見上げ、太一郎は呻《うめ》くように呟いた。

これまでに煉が倒した百足は、全長が一メートル強。しかしこれは、横幅《よこはば》が優《ゆう》に一メートルを超《こ》えていた。全長は——既《すで》に五メートルほどのたくり出ているが、終端《しゅうたん》はまだ影の中に沈《しず》んでいる。

「大ボスってやつか……？　ここまで来ると怪獣《かいじゅう》だな、もう」

引きつった笑みを浮かべて軽口《かるくち》を叩こうと努力する太一郎を見やり、煉は小さく笑った。

「さすがにこれは、蹴《け》っ飛《と》ばしてどうにかなる相手じゃありませんね。後は僕に任《まか》せて下がってください」

「ってお前、一人でやるのか、あれと!?」

「そうですよ？」

当然のように、煉は即答《そくとう》する。

「でも……」

「大丈夫《だいじょうぶ》ですよ。信じてください。僕は、神凪の炎術師なんですから」

静かな自信に満ちた言葉に、太一郎は悟《さと》った。ここに残っても足手まといにしかならないのだと。今、自分がすべきことは――

「頑張《がんば》れよ、レン！」

信じて、全てを任せること。

「お前なら絶対に勝てるって、信じてるからな！」

「はい！」

少年の声援《せいえん》を背に受けて、煉は敢然《かんぜん》と最後の戦いに挑《いど》むのだった。


「――ふう」

百足の巨体を焼き尽くすと、煉は大きく息をついてその場に座《すわ》り込んだ。

太一郎は即座《そくざ》に駆《か》け寄っていく。

「大丈夫なのか、レン⁉」

「あ、柊さん」

振り返り、煉は柔《やわ》らかく微笑《ほほえ》んだ。と、その頰《ほお》をひと筋《すじ》、赤い滴《しずく》が流れ落ちる。

太一郎の血相《けっそう》が変わった。

「あ……ああっ！　顔、顔に傷《きず》がっ!!」

最後の一撃《いちげき》を、完全には躱《かわ》し損《そこ》ねていたらしい。煉の頬には、一文字の傷が鮮《あざ》やかに赤い線を刻《きざ》んでいた。

「え？　ああ、かすり傷ですよ、こんなの」

指摘《してき》されて初めて気づいた煉は、手の甲《こう》でぞんざいに血を拭《ぬぐ》い取る。

「や、やめろバカ！　傷痕《きずあと》が残ったらどうすんだよ!?」

その荒っぽい手つきに動揺《どうよう》し、太一郎は上《うわ》ずった声で叫《さけ》んだ。が、もともと自分の顔にさしたる価値《かち》を認《みと》めていない煉は、そんなことは気にしない。

「別に、この程度の傷でそんなに騒《さわ》がなくてもいいでしょう？」

「そんなわけあるか、バカ！」

とんでもないことを言う煉を叱《しか》りつけ、太一郎は高らかに叫んだ。

「女の子の顔に傷が残ったりしたら、一生モノの大問題だろうが！」

「……………………は？」

きょとん、と目を丸くして、煉は硬直《こうちょく》した。

そして当然のことながら、少年の絶叫《ぜっきょう》は和麻と綾乃の耳にも届《とど》く。

「……………………え？」

「……くっ……くくっ……く……ふ……」

煉と同じような表情で硬直する綾乃。

必死に笑いを噛《か》み殺す和麻。

「な……なんだ……？」

雰囲気《ふんいき》の変化についていけず、太一郎はきょろきょろと周囲を見回した。

その時に気づく。煉の表情が変わってきたことに。

目を見開いて呆《ほう》けていた顔が引き締《し》まり、急速に紅潮《こうちょう》した。首筋までも赤く染め、唇《くちびる》を噛み締めて、煉は涙目《なみだめ》で太一郎を睨《にら》む。

理由は分からないが怒《おこ》っていることだけは理解して、太一郎は狼狽《ろうばい》する。そして、更に墓穴《ぼけつ》を掘《ほ》った。

こともあろうに、彼はこう言ったのだ。

「あ、あのさ、いくら戦うのが仕事だっていっても、傷は勲章《くんしょう》になんかならないと思うぞ。ほら、神凪せ……綾乃さんは女の人で強いのに、凄《すご》く綺麗《きれい》だろ？　身近にあんな人がいるんだから、レンも見習ってさ――」

最後まで言い切ることもできなかった。何故か説得を重ねるほどに『彼女』の機嫌《きげん》が悪くなっていくことに気づき、太一郎は戸惑《とまど》いを込めて煉を見下ろす。

煉は潤《うる》んだ瞳《ひとみ》で少年を見上げた。そして、遂《つい》にその言葉を口にする。怒っていても尚可《なおか》憐《れん》な、抱き締めたくなるような表情で——

「僕は、男です！」

「…………………………………は？」

今度は太一郎が呆ける番だった。八割方は凍《こお》りついた意識《いしき》の中で、彼は思う。

(男……？　男って、誰が？)

煉を見つめる。頭がロクに働かない今でさえ、思わず見惚《みと》れて更に呆けてしまうほど可愛らしい。

(……どこが？)

決して短くはない時間が過《す》ぎてから、太一郎は恐る恐る問いかける。

「……冗談《じょうだん》？」

「本気です！」

「あ、あれか？　性同一性障害《せいどういっせいしょうがい》とかいう——」

「心身共《しんしんとも》に、間違いなく、男です！」

その瞬間、太一郎は、自分の心に罅《ひび》が入った音を聞いた。

昨日、彼と——そう、『彼』と！——出会ってから、揺《ゆ》れ続けていた想《おも》い。綾乃のことが好きなのに、出会ったばかりの『少女』の笑顔も忘れられなくて、そんな不実《ふじつ》な自分が許せなくて、夜も眠れず思い悩《なや》んだ。

なのに、その『少女』が――

（…………………………………………男だった？）

迷《まよ》いに意味はなかった。

苦悩《くのう》は徒労《とろう》だった。

――胸に秘《ひ》めた切《せつ》なる想いは、『男』に向けたものだった――

救いようのない事実を認識《にんしき》してしまった太一郎の顔から、感情の色が抜け落ちていく。

燃え尽《つ》きた灰を思わせるほどに、白く、そして虚《うつ》ろに――

「いったいどこを見て……柊さん？」

少年の胸《むな》ぐらを掴《つか》んで叫んでいた煉が、異常《いじよう》に気づいて声を低めた。しかし、それでも太一郎は何の反応も示《しめ》さない。

「ひ、柊さん!?　兄様、姉様、柊さんが――ってなに笑ってるんですか！」

助けを求めて振《ふ》り返った煉の目に映《うつ》ったものは、遠慮会釈《えんりよえしやく》なく爆笑《ばくしよう》する和麻と、それを諫《いさ》めようとしながらも堪《こら》えきれずに肩を震《ふる》わせている綾乃の姿。

何がおかしいのかは明白《めいはく》だったが、それを許せるかと問われれば、答えは無論《むろん》、否《いな》である。

「兄様っ、姉様っ！」

煉は叫ぶが、和麻は笑い転げるばかりで返事もせず、綾乃は答えようとはしたのだが、

「ゴ、ゴメン……ちょっと待って……」

途中《とちゅう》で笑いの発作《ほっさ》に耐《た》えきれなくなり、煉に背を向けてビルの壁《かべ》を叩き始めた。

「も、もうっ、いい加減《かげん》にしないと怒りますよ⁉」

再び顔を真っ赤に染めて怒る煉だったが、明らかに精神《せいしん》に失調《しっちょう》を来《きた》している太一郎を放《ほう》置《ち》するわけにもいかず、身動きが取れない。

「柊さん！　しっかりしてください！」

懸命《けんめい》に呼びかける煉。しかし、真っ白に燃え尽きてしまった少年は、自分が恋焦《こ》がれていた『少女』の声にも応《こた》えることなく、何も映していない瞳で天を見上げ続けるのだった。

あとがき

皆様《みなさま》こんにちは、山門《やまと》敬弘《たかひろ》です。

今回は前回から3か月と、私としては驚異的《きょういてき》なペースでの刊行となったのですが、賞賛《しょうさん》にはちっとも値しません。

何故《なぜ》なら前回に続いての短編集、しかも書き下ろしもなしという、極《きわ》めて地味《じみ》なコンテンツの一冊となってしまったからなのです！（威張《いば》るな）

いや、本当にすみません。最近、ちょっと体調を崩《くず》してしまい、どうしても新作を書き下ろすだけの時間と気力をひねり出せませんでした。が、せめてもの儚《はかな》い努力ということで軽い手直しは入れてありますので、雑誌掲載《けいさいじ》時よりも少しは読みやすくなってるんじゃないかな、とか思ってみたり。

それから、今までさんざん謝《あやま》り倒しておいてなんなんですが、次の刊行も短編集ということになりそうです。おまけに時期的に見て、どれだけ手が加えられるかも微妙《びみょう》な線で、最悪の場合、雑誌掲載時そのまま、という形になってしまうかもしれません。

アニメ化も迎え、今が一番がんばらなければならない時期だと分かってはいるのですが——病《やまい》が癒《い》えるのを待っててください、としか今は言えません。

今年の後半からはもうちょっと何とかなるんじゃないかと思っていますので、どうか見捨《す》てないで期待していてください。

というわけで、今回はこの辺で。

では、またお会いできることを（とてもとても切実に）祈って。

山門敬弘

初出

「リターンマッチ」　ファンタジアバトルロイヤル２００５年冬号
「宿　敵」　月刊ドラゴンマガジン２００４年12月号
「女の戦い」　月刊ドラゴンマガジン２００５年１月号
「すべては愛のために【前編】」　月刊ドラゴンマガジン２００５年２月号
「すべては愛のために【後編】」　月刊ドラゴンマガジン２００５年３月号
「すべては愛のために【その後】」　月刊ドラゴンマガジン２００５年４月号
「運命の出会い!?」　月刊ドラゴンマガジン２００５年７月号

富士見ファンタジア文庫

風《かぜ》の聖《スティグ》痕《マ》 Ignition 4
すべては愛《あい》のために

平成19年6月25日　初版発行
平成19年7月30日　再版発行

著者――山門敬弘《やまとたかひろ》

発行者――山下直久
発行所――富士見書房
〒102-8144
東京都千代田区富士見1-12-14
電話　営業　03(3238)8531
　　　編集　03(3238)8585
振替　00170-5-86044

印刷所――暁印刷
製本所――BBC

落丁乱丁本はおとりかえいたします
定価はカバーに明記してあります

ISBN978-4-8291-1940-2 C0193

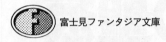

風の聖痕《スティグマ》3

—月下の告白—

山門敬弘

月夜の晩、公園で出会った少女あゆみに、神凪煉《れん》は一目で心奪われた。

しかし、あゆみは地術師の一族・石蕗《つわぶき》家が、富士山の噴火を抑える儀式の〈生贄〉にするためだけに造りだした存在だった。

炎術師・神凪煉の戦いが始まる。愛しいものをまもる戦いが──！

炎が躍るハイパー・エレメント・アクション第3弾！

富士見ファンタジア文庫

風の聖痕《スティグマ》5

—緋色の誓約—

山門敬弘

魔術師ヴェルンハルトに能力を与えられた若者たちが再び戦いを始めた。魔術師の情報を得るため、その若者たちを次々に狩っていく八神和麻。

過去の記憶に囚われ、暴走する和麻の前に紅炎を纏った神凪綾乃がたちふさがる。

炎術師VS風術師、戦いの行方は!?

炎が渦巻くハイパー・エレメント・アクション第5弾！

風の聖痕《スティグマ》6

―疾風の槍―

山門敬弘

神凪綾乃は、目の前で起きたことを理解できなかった。最強を誇る風術師・八神和麻の風の結界が、敵の風の刃の前に一瞬の抵抗も敵わず打ち抜かれたのだ。

綾乃に戦いを挑んできたのは、一人の華奢な少年。その手には一振りの槍――。その槍こそ、風の神器〈虚空閃〉だった。

水が乱舞し大地が唸りを上げ、風が慟哭するエレメント・アクション第6弾。